Manfred Theisen

Die Rotte

cbt

cbt – C. Bertelsmann Taschenbuch
Der Taschenbuchverlag für Jugendliche
Verlagsgruppe Random House

Unterrichtsmaterialien zu diesem
Buch sind erhältlich unter:
www.randomhouse.de

FSC
Mix
Produktgruppe aus vorbildlich
bewirtschafteten Wäldern und
anderen kontrollierten Herkünften

Zert.-Nr. SGS-COC-1940
www.fsc.org
© 1996 Forest Stewardship Council

Verlagsgruppe Random House FSC-DEU-0100
Das für dieses Buch verwendete
FSC-zertifizierte Papier *Munken Print*
liefert Arctic Paper Munkedals AB, Schweden

1. Auflage
Originalausgabe April 2008
Gesetzt nach den Regeln der Rechtschreibreform

Vermittelt durch die Literatur- und Medienagentur
Ulrich Pöppl, München
Lektorat: Uwe-Michael Gutzschhahn
Umschlagfoto: Deutsche Presse Agentur
Umschlagkonzeption: init.büro für gestaltung,
Bielefeld
SE · Herstellung: CZ
Satz: Buch-Werkstatt GmbH, Bad Aibling
Druck und Bindung: GGP Media GmbH, Pößneck
ISBN 978-3-570-30458-7
Printed in Germany

www.cbj-verlag.de

1.

M ist eine Stadt an der Elbe. Es ist Ende Mai, bewölkt und schwül. Unten auf dem Gehweg liegt ein Toter in den Glasscherben. Das Blut rinnt aus seinem Kopf über die Platten in den Gulli, als wolle es sich unter der Stadt verteilen wie Alkohol in deinen Adern. Es könnte mein Blut sein. Aber ich stehe hier im vierten Stock über den Dingen und halte Marga eng umschlungen. Wir sehen hinab in den Abgrund. Für einen Moment weiß ich nicht einmal mehr den Namen, der zu dem Körper auf dem Gehweg gehört. Es ist, als wolle mein Verstand alles wegwischen, was in den vergangenen Tagen geschehen ist. Alles ist vermengt. Ein Sack Zement, den du mit Blut und Glasscherben anrührst, der dir dein Hirn ausfüllt und hart wird wie Beton. Mein Kopf ist schwer und mir ist innerlich kalt, aber Marga ist warm und ihre Haut so weich. Meine Hände umfassen ihre Taille, meine Finger kommen an ihrem Bauchnabel zusammen. Ein goldener Talisman hängt als Piercing daran, ein Gelynchter am Galgen. Es ist ruhig. In der Stille hört man das Leben wachsen. Drüben an der Shell steht ein Tanker und befüllt die Tanke mit Hoffnung. Gleich werden sie kommen und sich ihren Teil für ihre Wagen abzapfen, als könnten sie von hier wegfahren, verschwinden aus M. Ich küsse Margas Nacken, meine Gedanken verflüchtigen sich wie Dämpfe. Der Tote auf dem Gehweg unter uns. Die gelbe Shell-Muschel mit der roten Fassung. Gelb steht für Neid und Gold für Ewigkeit. Diese flauschigen Härchen in Margas Nacken. Ihr schwarzes Haar. Ich rieche. Es ist schön. Der Geruch ihres Haars erinnert mich …

2.

»Komm endlich! Musst du nicht zur Schule!«

Ich muss sterben, sonst nichts, denke ich und fädel meine Schnürsenkel in Ruhe ein. Dein Gehirn braucht dazu beide Hälften, die rechte und die linke, weil du die Hände beim Schnüren überkreuzt. Dein Hirn. Wenn du lange genug Farben riechst, dann hast du weniger Probleme im Leben, denn dein Hirn wird durch die Dämpfe zerfressen. Die Lösungsmittel machen dich dumm, hat Vater gesagt. Dann hat er die Augen verdreht und ironisch gelacht. Was für eine bescheuerte Bemerkung von ihm! Was mag in seinem kranken, zerfressenen Malerhirn noch so alles vorgehen? Maler und Lackierer ist er. Das hat Zukunft, sagt er. Du hast Zukunft, meint er. Er hat mich ausgelacht. Keine Bange, hat er gesagt: Die Farben verströmen heute kein Gift mehr – außer vielleicht Heizkörperfarben, aber wann streichst du schon mal einen Heizkörper? Wenn du das machst, was ich dir sage, dann hast du Zukunft, sagt er, und selbst ist er arbeitslos. Du wirst bei uns die Lehre anfangen und du wirst Maler und Lackierer. Zur Not kannst du Autos umspritzen und sie nach Rumänien transportieren. Dann hat er wieder gelacht. Wieder Zahnfleisch gezeigt und Magensäure ausgeatmet. Der ist total abgedreht. Will mir sagen, wie es läuft. Er fällt selbst besoffen vom Baugerüst, kann nicht mehr arbeiten, die stellen bei der Malerwerkstätte Diederich GmbH einen Polen für ihn ein – und ich soll in dem Betrieb auch noch meine Lehre machen? Da arbeiten doch fast nur noch Ausländer. Mein Vater hasst die Polacken und ich soll da arbeiten. Bescheuert ist das. Frag einen Russen, was er gegen Polen hat, frag einen Litauer, was er gegen Polen hat, frag uns Deutsche, was wir gegen Polen haben, und alle haben das Gleiche gegen Polen, denn Polen sind …

»Wo bleibst du?« Meine Mutter klopft an.

»Bleib draußen!«, rufe ich.

Ich sitze auf der Bettkante, hab meine Schuhe geschnürt und drücke mein Kreuz durch. Wenn du einem sein Kreuz brichst, hörst du es nicht. Das mit den Geräuschen gaukeln sie dir zwar im Film vor, in Wahrheit kommen die schlechten Nachrichten aber immer ganz leise daher.

Heute ist der 4. Mai. Es ist ein besonderer Tag. Mutter kann es kaum erwarten, dass ich endlich zu ihr in die Küche komme. Sie liebt mich, deshalb wartet sie dort auf mich. Sie ist dazu verpflichtet, mich zu lieben. Sie ist meine Mutter. Ich ertrage ihre helle, leicht krächzende Stimme trotzdem nicht, schleppe mich Richtung Küche, wo sie wie eine Spinne im Netz sitzt und darauf wartet, dass Beute kommt. Liebesbeute. Vater schläft sicher noch. Der schläft, weil ihm keiner mehr sagt, dass er aufstehen soll. Das hat auch seine Vorteile. So bin ich wenigstens mit ihr allein, und er sagt mir nicht, was gut für mich ist.

Kaum dass ich ihr lächelndes Gesicht sehe, mein Blick auf den Kuchen fällt, auf dem sechzehn kleine Kerzen brennen, da nimmt sie mich in den Arm und sagt: »Wie schön, dass ich dich habe.« Sie versucht, mit ihrer Liebe die Zeit anzuhalten. Jetzt bin ich sechzehn Jahre alt und werde im Herbst meine Lehre nicht beginnen. Ihr Haar unter meinem Kinn. Ich bin ihr über den Kopf gewachsen, aber sie ist immer noch größer als ich und ihr Haar duftet. Du kannst niemals größer sein als deine Mutter. Ich beuge mich und drücke ihr einen Kuss auf die Wange: »Danke schön. Das ist lieb von dir, Mama.«

Wir sitzen uns noch eine Weile am Frühstückstisch gegenüber, jeder isst ein Stück Torte – sie schmeckt eklig süß wie eine Kindermilchschnitte. Ich hasse diesen Geschmack von Amerika. Fehlt nur noch die Scheißverpackung aus Plastik drum herum.

Sie erzählt vom Büro. Sie muss gleich los. Mutter redet und redet, als hätte sie Angst zu schweigen, als würde Ruhe unliebsame Gedanken freisetzen wie der Lack das Gift. Meine Mutter redet häufig mit sich selbst, ohne es zu wissen. Das ist wie bei Lehrern. Die tun das auch. Jetzt spricht sie mich an, möchte von mir erfahren, ob ich heute nach der Schule noch was mit Freunden unternehme. Sie fragt es, als sei ich dazu verpflichtet, mich heute zu amüsieren.

Ich bleibe freundlich und sage: »Ja.«

»Mit wem?«

»Das geht dich nichts an«, sag ich hart, damit sie schweigt. Mütter sind auch nur Frauen. Es wirkt. Sie hält die Klappe. Sie schluckt. Auch Worte hinterlassen Trümmer, die du erst mal wegräumen musst. Mutter muss meine Bemerkung innerlich verarbeiten. Das sehe ich ihr an. Sie hat für heute genug Liebe gekriegt. Mehr gibt es nicht. Eine Familie ist eine Hundehütte, in der alle an einer Kette hängen.

Mutter erträgt die Ruhe nicht lange und erzählt mir, dass sie heute Abend noch eine Stunde bei Moellner & Söhne dranhängen müsse, weil die Geschäftsführung der Papierfabrik die Hälfte der Belegschaft bis Jahresende aussortieren will. Sonst könne das Unternehmen nicht überleben. Was für ein Schwachsinn. Der Staat ist wie ein riesiger verrottender Wohnblock, und diese ganzen Maden von Politikern versuchen, auf Kosten der kleinen Leute die einstürzenden Bauten mit Tesafilm zu kleben. Das ist lächerlich.

Ich gebe ihr einen Abschiedskuss zum Dank, weil sie es gut meint. Sie kann ja nichts dafür. Sie möchte am liebsten, dass ich keine Lehre, sondern Abi mache und später womöglich studiere. Jura schwebt ihr vor. Um gerecht zu sein, müsste ich nur meinen Jähzorn ein wenig bremsen. So ein Blödsinn. Ich will möglichst schnell von der Schule. Von meinem Vater wird sie nicht mehr geküsst. Er liebt sie immer noch, aber der Kuss fehlt. Ein Tag ohne Kuss ist wie ein Herbst ohne Blätter. Es fehlt die Romantik. Bevor ich die Wohnung verlasse, sagt meine Mutter: »Schön wäre es, wenn deine Schwester noch hier wäre.«

»Klara ist jetzt sicher glücklicher da, wo sie ist«, sag ich und gehe auch. Das ist mein Zuhause – Mutter, Vater, Kind –, aber ich will was anderes als dieses Zuhause.

Der Aufzug ist von innen renoviert. Vorher war er mit Holzfurnier ausgeschlagen, jetzt ist alles Blech. Ich kann mein Gesicht in der Aufzugtür sehen – matt und ein bisschen verzerrt sieht es mich an, als betrachte es einen Fremden. Es wirkt heute noch schmaler. Gestern habe ich Sascha kennengelernt. Er hat mir gesagt, ich soll heute Abend bei ihm in Kunding vorbeikommen. Der Stadtteil Kunding liegt nicht weit von uns. Er klingt bayrisch, aber mit Bayern haben wir in M nichts am Hut. Bayern ist BMW. Wir sind VW. Die Häuser in Kunding haben bis zu elf Stockwerke, unsere im Stadtbezirk Neuenstaden höchstens acht. Und in Kunding haben sie noch keine Einfamilienhäuser im Nacken.

»Das ist sicher hart für einen Kerl wie dich. Diese Einfamilienhäuser sind eine ihrer härtesten Waffen, die sie einsetzen«, hat Sascha gesagt.

»Wie?«

»Weil sie euch damit weichkochen wollen. Die Kapitalisten versuchen es mit allen Mitteln. Die haben Waffen, die gehen unter die Haut und in die Hirne.«

Zuerst habe ich nicht verstanden, was er damit meint, dann hat er es mir erklärt. Die Stadt baut gleich hinter unseren Plattenbauten auf der grünen Wiese Einfamilienhäuser. »Sie geben dir einen Kredit, und bis du den abbezahlt hast, bist du tot. Der Kapitalismus versklavt durch seine Kredite die Menschen. Warum, frag ich dich, muss ein Deutscher in Deutschland überhaupt einen Kredit aufnehmen, um ein Stück von seinem eigenen Land zu kaufen?« Ich hatte nicht gleich geantwortet, da sagte er sofort: »Siehst du. Es gibt keine Antwort, die Sinn macht. Denn eigentlich muss uns Deutschen doch unser Deutschland gehören.« Schuld seien an allem die Banken und die seien jüdisch und wir die Sklaven der Juden und Amerikaner. »Wir leben in einer komfortablen Unfreiheit, die sie Demokratie nennen. Aber ist es demokratisch, wenn dir der Chef acht Stunden am Tag sagt, was du zu tun und zu lassen hast, und dein Chef ein Vollidiot ist? Wenn du nicht einsiehst, warum du diese oder jene Scheiße jeden Tag auf diese oder jene Weise machst? Ist das demokratisch? Nein. Und wir dürfen uns nicht länger versklaven lassen von dem verlogenen System der Amerikaner.«

Die Aufzugtür öffnet sich laut, als ob einer mit einer Flex unsanft eine Konservendose öffnet. Mein Spiegelbild ist weg. Der Flur mit seinen Kritzeleien ist zu sehen. So hellblau wie der Himmel da draußen ist die Farbe des Flurs, nur dass es keine Hakenkreuze, Totenschädel und Herzchen am Himmel gibt. *Ich hatte einen Traum, ein Nazi hing am Baum. Ich hatte viele solcher Träume, nur leider nicht genügend Bäume!*, steht da ganz klein neben dem Satz: *Aufruhr, Widerstand, es gibt kein ruhiges Hinterland.* Was sollen diese Kritzeleien im Flur? Welche Dreckschweine tun so was?

Die Leute im Bus sehen unzufrieden aus. Es sind Männer und Frauen mit Gesichtern wie Rentner, grau und traurig, die in den blauen Himmel starren, als wollten sie sich neue Sternbilder in den Tag träumen. Vielleicht hat Sascha recht, vielleicht gibt es hier gar keine Freiheit, selbst wenn du jeden Tag genug Geld verdienst, um vollzutanken. Was hast du davon, wenn du dir ein Haus kaufst und keiner deiner Scheißfreunde dich besuchen kommt, weil du ihnen vor lauter Schulden nicht das neueste Biofutter anbieten kannst?

Die Türen im Bus klappen auf, zwei Mädchen steigen ein, ihre Röcke sind kurz und sie tragen ein bisschen Hoffnung in der Hand: ein neues Handy. Das macht Mut. Das ist Unterhaltung.

Meine Mutter wollte wissen, mit wem ich feiere. Wen kennt sie denn überhaupt von meinen Freunden? Frank? Soll ich etwa mit dem feiern? Der hängt den ganzen Tag vorm PC und haut mit der Streitaxt Drachen die Köpfe ein. Warum setzen sich die beiden Mädels nicht zu mir? Neben mir ist noch ein Platz frei und gegenüber von mir gibt's auch einen.

Zwei Exschüler meiner Schule steigen ein. Ich kenne ihre Gesichter. Die hängen nicht vorm Rechner rum und brauchen keine Xbox fürs Glück. Die tun was. Normalerweise würdigen die mich keines Blickes, jetzt sehen sie mir direkt in die Augen. Sie kommen auf mich zu, und einer streckt mir die Hand entgegen: »Marvin?«, fragt er mich.

Ich schlage ein und lächle, wie er lächelt.

Er nennt sich Mark und trägt Piercing – kleine silberne schlichte Ringe – an den Brauen und an der Oberlippe. Sein Kamerad heißt Tobias und ist noch größer.

»Wunderst dich sicher, was wir von dir wollen, aber Sascha hat gesagt, wir sollen uns um dich kümmern.«

»Ach ja?«, sag ich möglichst locker.

Mark setzt sich neben mich, trägt richtig teure New-Balance-Turnschuhe, Domestosjeans und ein graublaues T-Shirt von Thor Steinar. Sein Kamerad Tobias hat eine Zeichnung mit einem Helm auf der Brust. Er platziert sich mir gegenüber auf diesem roten, gut abwaschbaren Plastikschalensitz. Die Zeichnung auf seinem T-Shirt ist schwarzweiß. Das einzig Farbige ist das rote Blut, das unter dem Helm herausquillt. Darunter steht das Wort *Schlachterplatte*. Und darunter: *Haut den arroganten Schweinen die Schädel ein, bringt über Amerika den Sonnenschein.* Mit *Son-*

nenschein ist die Atombombe gemeint. Was *Schlachterplatte* ist, weiß ich nicht.

»Gefällt dir, was?«, sagt Tobias, der gesehen hat, dass ich sein T-Shirt betrachte. »Müsstest erst mal die Musik hören. Wirklich dunkel.«

Division Germania, *Störfall* oder *Stahlgewitter* sind mir ein Begriff, aber *Schlachterplatte* klingt neu für mich.

»›Arrogante Hauptstadt Amerika‹ oder ›Die Jahrzehnte der Habgier sind vorbei‹. Kennst du die Songs etwa nicht?«

Ich schüttel den Kopf.

»Das kann ich einfach nicht glauben«, sagt Tobias. Er kramt seinen iPod raus, um mir die Musik vorzuspielen.

Mark hält ihn davon ab: »Ich glaube, das ist nicht Marvins Problem.« Dann schaut er mir in die Augen: »Du kannst bei uns sagen, was du denkst, selbst wenn du Schlachterplatte scheiße findest. Jeder Mensch muss sagen dürfen, was er denkt, sonst erstickt er. Wir sind Demokraten, keine Kanaken. Die lassen keine andere Meinung zu.« Den letzten Satz sagt Mark so laut, dass ihn die Leute im Bus auch verstehen können, als sei es eine Botschaft. Mark ist richtig aufgeheizt. Vater redet auch immer laut, kurz bevor er mir eine scheuert. Dann betont er die Sätze so, als müsse er sie der Welt entgegenschmettern, weil ich zu dumm bin, ihn zu verstehen. Oder als reiche es nicht aus, sie nur mir und Mama zu sagen. Wir sind zu wenige für so große Sätze.

»Diese Kanaken bekommen hier langsam Oberhand. Weißt du, was die jeden Tag auf ihrem Türkenblatt *Hürriyet* stehen haben?« Mark ist jetzt richtig aggressiv.

»Hey, wie soll er das wissen?«, versucht ihn Tobias zu beruhigen. Er hat den iPod wieder tief in seiner Jeanshose versenkt und erklärt mir mit ruhiger Stimme. »Mark redet vom Kopf der türkischen Zeitung. Darauf sind neben dem Titel *Hürriyet* immer der türkische Staatsgründer Atatürk und eine türkische Fahne abgebildet und dazu die Losung: Die Türkei den Türken.« Dann ergänzt er: »Natürlich auf Türkisch.«

»Kapierst du, Marvin?«, fährt Mark aufgebracht dazwischen. »Das ist doch wohl ein Witz oder?«

Ich nicke.

»Wenn wir mal ›Deutschland den Deutschen!‹ rufen, sind wir gleich ausländerfeindlich. Dabei haben die Kanaken das bei sich auf der Zeitung stehen – jeden Tag. Stell dir mal vor, die *Bild* hätte ›Deutschland den Deutschen‹ auf dem Titelblatt. Da wäre die Hölle los. Aber beim Türkenblatt beschwert sich keiner. Ist das richtig so?«

Ich schüttel den Kopf.

»Siehst du.« Mark fasst mich am Kinn und sieht mir wieder fest in die Augen. »Du kannst in deinem Land sagen, was du willst. Die Kanaken tun das schon lange. Die fühlen sich unberührbar wie irgendwelche Parias in Kalkutta. Damit ist jetzt Schluss. Sag deine Meinung«, wiederholt er und lässt mein Kinn los. »Solange du keine Kameraden niedermachst. Das mögen wir nicht. Denn wir sind troy.« Er hält mir bei dem Wort »troy« die Hand hin.

Ich schlage ein. Meine Handinnenfläche brennt einen Moment. Ich lächle trotzdem.

Sie reden von Sascha, den sie respektieren. Als er mir gestern sagte, ich soll heute nach der Schule zu ihm kommen, hatte ich mich noch gewundert. Schließlich hatte er mir seine Adresse in Kunding nicht gegeben. Jetzt sagt Tobias: »Wir gehen nachher zusammen mit dir ins Quartier zu Sascha.«

In meiner Schule wissen alle, dass Mark und Tobias Faschos sind. Viele Jungen aus meiner Klasse wären gerne mit ihnen zusammen. Die würden sofort jetzt und hier mit mir tauschen.

»Mein Uropa war bei der SS«, sag ich, um mich irgendwie positiv darzustellen, um mir irgendwie ihre Aufmerksamkeit zu verdienen.

Ich bereue es sofort, denn Mark sagt laut: »Das freut uns, dass dein Uropa bei der SS war!«

Meine Biologielehrerin steigt ein – sie ist eine beliebte Lehrerin. Ich mag sie. Sie hat langes blondes Haar, eine Stupsnase und ist sehr zierlich. Alle Sitzplätze sind belegt. Ich sehe zu Frau Jüssen hinüber. Normalerweise würde ich aufstehen, damit sie sich setzen kann. Tobias folgt meinem Blick und dreht sich um. Er steht auf und winkt sie zu seinem Platz. Frau Jüssen sieht ihn, aber sie rührt sich nicht. Endlich reagiert sie. Gerade aber, als sie sich bei Tobias für seine Höflichkeit bedankt und sich setzen möchte, hockt er sich wieder hin.

»Leider alles voll«, sagt er provozierend emotionslos und fährt sich dabei durchs kurz geschorene Haar.

Ich weiß nicht, was ich machen soll.

Frau Jüssen sieht mich an, als wolle sie sich mein Gesicht einprägen, dann geht sie zurück zur Tür.

»Schlampe«, sagt Mark halb laut.

Frau Jüssen dreht sich nicht um.

»Oder weißt du nicht, dass die mit einem Türken bumst?«

»Nein«, sag ich.

»Siehst du. Wir riechen Kanakenschlampen auf hundert Kilometer. Weißt du, was wir an den Ausländern hassen?« Ehe ich noch etwas sagen kann, fragt er: »Warum fühlst du deutsch?«

»Weil ...«

»... weil du Deutscher bist«, mischt sich Tobias ein. »Weil dein Vater und deine Mutter, dein Opa und deine Oma schon deutsch waren. Weil das Blut deiner Vorfahren in dieser Erde fließt. Die haben für Deutschland gekämpft. Und was würden die Kanaken für Deutschland tun?«

Ich weiß nicht, was ich sagen soll, und schweige.

»Nichts«, sagt Tobias. »Gar nichts. Wenn ein Kanake was tut, dann will er dafür Geld. Die meisten sprechen noch nicht mal unsere Sprache. Dafür müssten wir die sicher auch noch bezahlen. Wie sollen die überhaupt Deutschland lieben? Unsere Herzen schlagen deutsch. Die Kanaken sind doch alles Entwurzelte, die nichts mit unserem Boden zu tun haben. Nichts. Die müssen zurück auf ihren Boden, zu ihren Wurzeln.«

Ich weiß nicht, ob ich mich gut fühlen soll oder nicht. Tobias' Blick ist scharf wie eine Klinge. Ich schaue an ihm vorbei. Leute im Aufzug gucken alle aufs TÜV-Siegel, damit sie sich nicht zufällig in die Augen sehen müssen. Ich blicke zur Bustür. Genau in diesem Moment dreht sich Frau Jüssen um und sieht mich an – sie hält mich sicher auch für einen Fascho. Tobias bemerkt meinen Blick, schaut ebenfalls zur Tür und beugt sich dann zu mir rüber. Er hält mir auf meinem T-Shirt die vorderen und die hinteren beiden Buchstaben zu, sodass von dem Namenszug Lonsdale nur noch *nsda* übrig bleibt. Er grinst zuerst mich und dann meine Lehrerin an.

Sie guckt weg, als wolle sie das gar nicht sehen.

»Werd endlich wach!«, sagt Tobias. »Glotz nicht die Schlampe an. Wegen solchen wird hier bald alles durchmischt sein. Guck dir doch nur mal das Rheinland an. Vor lauter Durchmischung wissen die gar nicht mehr, wer sie eigentlich sind. Sind das Türken oder Franzosen oder Deutsche oder was? Hier muss die Bewegung starten, weil wir noch die Chance haben, weil wir noch unsere Erde kennen, weil hier auf den Feldern noch Deutschland wächst und nicht in jeder Furche ein Niggersprössling aus dem Boden schießt. Aber wem sage ich das?«

Ich nicke und schweige.

»Hast du Schiss?«, fragt mich Mark und spielt dabei an seinem Piercing an der Braue. Es muss schmerzen, so stark, wie er dran zieht.

»Ich weiß nicht«, sag ich.

»Jetzt hält sie dich ohnehin für einen von uns«, erklärt Tobias und bestätigt damit meinen Verdacht.

Mark sagt wie im Scherz zu seinem Kameraden: »Das ist er ja schließlich auch«, und nimmt mich in den Arm. »Oder willst du diese amerikanische Seuche hier mitmachen? Die wollen aus uns ein Einwanderungsland machen, weil die selbst eins sind. Aber dafür haben die Amis auch die Ureinwohner abgeschlachtet … Und weißt du, was?«

Ich schüttel den Kopf.

»Wir sind die Ureinwohner von Europa. Wir sind die Indianer. Und wenn wir nicht aufpassen, dann werden sie uns auch abschlachten, oder wir müssen für Touris Schuhplattler tanzen. Kapiert?«

Ich nicke. Er ist mit seinem Gesicht so bedrohlich nah an meinem, dass ich seinen leicht säuerlichen Atem riechen kann. Hat er schon Bier getrunken?

»Ich habe Sascha erzählt, dass du einen guten Kameraden abgeben wirst. Das hast du mir zu verdanken, dass er dich gestern angesprochen hat. Hab ein gutes Wort für dich eingelegt.«

Mark scheint die Dinge gern dreimal zu wiederholen.

»Wieso hast du mit ihm über mich geredet?«, frage ich. »Du kennst mich doch gar nicht.« Ich merke, wie Marks Arm in meinem Nacken liegen bleibt. Er ist schwer. Mark grinst mich an: »Aber ich kenne deinen Vater. Der hasst das Gesocks genauso wie ich und du.« Mark erzählt, wie mein Vater mit ihm vor einer Woche im Blauen Ochsen getrunken hat. Der Ochse ist das Bistro an der freien Tanke, zu der mein Vater immer geht. »Weißt du eigentlich, wer jetzt den Job von deinem Vater bei Diederich hat?«

Natürlich weiß ich es, aber ich zucke mit den Schultern, als sei ich ahnungslos.

»Ein Polacke. Willst du das etwa hinnehmen, dass der Polacke den Job von deinem Vater macht?« Er nimmt mich fester in den Arm, als wolle er mir die Luft abdrücken. »Hey, dein Daddy ist arbeitslos, kapierst du das? Willst du das hinnehmen?«

Mein Vater hat Mark scheinbar nicht verraten, dass er mir ausgerechnet bei Diederich eine Lehrstelle besorgt hat.

»Sag, sollen wir das hinnehmen?«, hakt Tobias noch mal nach.

Ich kann nichts sagen, aber Mark zieht meinen Kopf mit seiner Hand ganz nah an sein Gesicht und antwortet für mich: »Natürlich nicht! Wie auch?« Und er hält seine Wange an meine. Dann schlägt er mir mit der Linken gegen das Kinn. Der Schmerz breitet sich in mir aus. »Siehst du. Dein Uropa war bei der SS.« Und weiter sagt er: »Wir holen dich nach der Schule ab. Hand drauf.«

Sie geben mir die Hand, drängen sich an Frau Jüssen vorbei nach draußen und laufen auf die andere Straßenseite. Ich sehe ihnen nach. Ich habe noch eine Station vor mir und verlasse den Bus erst nach der Lehrerin. Ich möchte ihr nicht mehr in die Augen sehen.

3.

Sie haben mich tatsächlich nach der Schule abgeholt und hierhergebracht. Das Haus ist ein sechsstöckiger Plattenbau. Einige der Wohnungen sind unbewohnt, keine Gardinen. Manche Fenster sind mit Brettern zugenagelt. Die Wände der Häuser sind Platten. Auf den Platten klebt Raufaser und auf der Raufaser hängen Poster: *Landser – ran an den Feind,* ein Cover von *Spreewaldgeschwader, Blood & Honor – Division Deutschland,* eine Glatze mit Keltenkreuz drauf, das Emblem der *Wiking-Jugend* und eine Reihe von Zeichnungen mit Runen, die von Totenköpfen und Schattenfiguren eingerahmt sind.

»Die hab ich um die Runen gemalt«, sagt Tobias.

Wenn mein Vater malt, kann man wirklich sagen, es ist gut, aber das hier sieht richtig stümperhaft aus. Mein Vater hat nicht nur Maler und Lackierer gelernt, er kann auch zeichnen, das muss man ihm lassen.

Mit Runen kenn ich mich nicht aus. Ich weiß nur, dass ᛣ die Todesrune ist und ᛉ die Lebensrune. Auf der Todesrune, die über dem Sofa an der Stirnwand hängt, steht: 17. August 1987. Unter der Todesrune trägt eine zweite Rune das Datum 26. April 1894.

»Du kannst gut zeichnen«, lüge ich.

Tobias lacht. Er hat weiße, gerade Zähne, die ein wenig spitz nach unten zulaufen wie die eines Hais.

»Trink«, sagt er. Er erklärt mir, dass es sich bei den Ziffern auf den Runen um das Todes- und Geburtsdatum von Rudolf Heß handelt. Neben dem Geburtsdatum gibt es noch eine Hieroglyphe.

»Wofür steht die?«, frag ich.

»Heß ist in Ägypten geboren.«

Tobias greift hinter das Sofa und zieht eine Flasche Bier aus dem Kasten. »Sascha kommt gleich. Wir können uns schon mal warm saufen.« Er lacht und reicht auch Mark eine Flasche. Der krempelt sich die Ärmel hoch. Sein Unterarm ist behaart. Sicher hat er auch Haare auf dem Rücken. Wir stoßen an und prosten auf »alle Nigger, die schon tot sind, und alle, die noch sterben werden!«

Kaum dass wir den ersten Schluck genommen haben, dreht sich nicht nur mein Magen, sondern auch der Schlüssel in der Tür. Haie können ihre Mägen nach außen stülpen. Menschen können das nicht, sonst wäre das Stück Geburtstagstorte längst wieder draußen.

Sascha tritt ein. »Na, da bist du ja. Mark hat mir erzählt, dass man sich auf dich verlassen kann.«

Mark nickt mir freundlich zu. Mein Vater muss ihm nur Gutes von mir berichtet haben.

»Schon was vor, Kameraden?«, fragt Sascha.

Mark hebt zur Antwort die Bierflasche.

»Das ist ja wohl ein Witz. Die Biersauferei dulde ich nicht in unserem Quartier«, erklärt Sascha und befiehlt mir in heiterem Ton: »Los, ab in den Kopf mit dem Pils, zack, zack. Du brauchst Platz für andere Drogen. Die deutsche Kultur ist obdachlos geworden, die Menschen irren herrenlos umher, und wir sind gefordert, was zu tun. Wir müssen handeln, wir müssen den Wodka holen, sonst saufen ihn uns die Russen weg.«

»Also trink! Der Führer will es so«, sagt Mark grinsend, steht auf, klatscht bei Sascha ab und flüstert ihm was ins Ohr. Lauwarmes Bier ist eklig. Dann wendet sich Mark wieder an mich: »Hau endlich das Pils weg, wenn der Silberrücken es verlangt!« Er prostet mir noch mal bekräftigend zu, die Flaschen klirren gegeneinander. Ich schaffe den Rest auf ex. Das Bier stößt mir säuerlich auf. Ich schlucke. Warum haben die geflüstert? Hat Mark irgendetwas über mich gesagt? Habe ich was falsch gemacht?

Sascha schlägt mir auf die Schulter. »Brav. Jetzt komm mit. Du brauchst Unterweisung.« Mark befiehlt er, im Schrank nach Kerzen zu suchen. »Da müssen noch welche sein.«

Sascha geht vor mir her in die Küche und öffnet den Kühlschrank. Darin gibt es zwei bauchige Gläser Spreewaldgurken, Butter und Eier. Er deutet auf die Eier: »Hart gekocht«, sagt er, drückt sie mir in die Hand und öffnet das Gefrierfach, zieht eine Flasche Wodka heraus. Er nimmt mich in den Arm, als sei er mein Vater. »Heute hast du Geburtstag, Kamerad.« Sascha trägt auch Seitenscheitel wie mein Vater, aber er hat weniger Haare auf dem Kopf. Ich komme mir neben ihm winzig vor wie ein Küken, das sich unter den Flügeln der Eltern verstecken darf.

»Wollen wir das feiern?«

»Deshalb also die Kerzen?«, sag ich.

»Du denkst mit«, sagt Sascha. »Gefällt mir. Ich dachte, Kerzen heben die Stimmung. Gestern hast du übrigens keinen ganzen Satz rausgebracht. Warst sicher schüchtern.

Aber das musst du nicht sein. Ich habe noch einiges mit dir vor. Und dazu brauchst du deinen Verstand und deinen Mund. Hohlbirnen haben wir genug in diesem Land. Wir brauchen Männer, die nicht nur eine Waffe halten, sondern auch ein Buch lesen können.«

Ich fühle mich wohl in seinem Arm. Er zerquetscht einen nicht. Wenn Vater mich in den Arm nimmt, ist es, als wolle er unbedingt einen Fehler wiedergutmachen, als wolle er all die miesen Sachen, die er mir und Mama im Suff angetan hat, wieder aus mir rauspressen. Dabei kann Vater selbst nichts für seine innere Wut. Er ist ein armes Schwein, das daran geglaubt hat, es gäbe eine Gerechtigkeit in diesem System. Aber das System ist ungerecht.

»Was soll das Terrarium?«, frag ich Sascha. Der Glaskasten mit dem braungrauen Plastikdeckel steht in Augenhöhe auf dem Kühlschrank. Er ist voller Spinnen und Spinnweben. Die Beine der Tiere sind dünn wie Zahnseide, ihre Körper kaum größer als ein Kaninchenköttel und genauso schwarz wie Salinos.

»Ist ein Testbecken. Ich gebe ihnen keine Nahrung. Sie müssen mit sich selbst klarkommen.«

Von vielen der Tiere sind nur noch die Beine übrig, den Rest haben die anderen Spinnen gefressen. Die Beine scheinen nicht zu schmecken.

»Die Viecher verheddern sich im Netz ihrer Nachbarn und die fressen sie dann eiskalt auf – ohne Skrupel. Spinnen sind wie Menschen. Du darfst sie nicht zu eng zusammensperren. Sie brauchen Raum – genau wie wir Menschen. Wenn du immer mehr Ausländer nach Deutschland lässt, knallt es irgendwann. Da muss eine klare Linie rein in diese chaotische Völkerwanderung. Wie sollen wir Deutsche Kinder kriegen, wenn wir keinen Platz mehr für sie haben, weil die Ausländer sich wie die Karnickel vermehren? Die kennen keine Pille und ihre Weiber haben nie was von Emanzipation gehört.«

»Ich weiß«, sag ich.

»Die Politiker tun alle so, als würden wir in einem riesigen Karussell sitzen und jeder könnte jederzeit aussteigen. Doch es gibt nur eine Erde und die müssen wir bewahren.« Saschas Arm umschließt mich enger. »Weißt du, wer Rudolf Heß war?«

»Stellvertreter des Führers und SS …«

»Und dein Urgroßvater war bei der SS«, unterbricht mich Mark, der lautlos neben uns in der Küche mit einer weißen brennenden Kerze in der Hand auftaucht. »Aber wer war Heß wirklich?«, wiederholt er Saschas Frage.

Was wollen sie von mir hören?

Die Spinnen sitzen still und reglos im Terrarium. Sie überleben und vermehren sich vermutlich auch noch, ohne dass sie von irgendwoher Nahrung bekommen. Das Terrarium ist eine Art biologisches Perpetuum mobile. Mir kommt der Geschmack des süßen Kuchens, vermengt mit Bier, wieder hoch. Milchschnitte. Das Haar meiner Mutter riecht nach Vanille.

»Vegetarier war Heß«, sagt Sascha. »Vegetarier. Er war Vertreter des biologisch-dynamischen Landbaus. Und er hat gesagt, dass die Menschen aus dem Süden mehr Energie zum Leben brauchen, wenn sie zu uns in den Norden einwandern. Ökologisch gesehen ist das eine Katastrophe. Es hat schon seinen guten Grund, warum der liebe Gott

Afrika den Afrikanern und Deutschland den Deutschen gegeben hat – sonst wären wir vermutlich ja auch nicht weiß, sondern schwarz. Was glaubst du, warum das Symbol der SS das Eichenblatt war?«

Sascha redet und redet. Meine Gedanken kommen nicht mit, schwimmen in einer klebrigen Masse und bewegen sich nur träge fort wie eine Ameise im Honigglas. Ich sehe auf das Terrarium, als würde gleich eine der Spinnen ein Schild zücken, auf dem alle Antworten auf alle Fragen stehen.

»Mein Vater ist Maler und Lackierer«, sag ich.

Sascha lacht. »Was willst du mir damit sagen, Kamerad?«

»Dass ich keine Ahnung von diesen Dingen habe.«

Sascha packt die Flasche Wodka. »Na, dann komm«, sagt er grinsend. »Lass uns zurück ins Wohnzimmer gehen. Heß hat mit dem Eichenblatt auf die regenerative Energie der Natur angespielt. Er hat sogar Kräutergärten zur Versorgung der SS angelegt. Was die Ökos heute als der Weisheit letzten Schluss verkaufen, hat er schon vor einem halben Jahrhundert gewusst. Wir dürfen nicht Mutter Erde ausbeuten. Das ist unser Boden, durch den unser Blut fließt.«

Sascha setzt sich auf den Hocker am PC. Mark und ich lassen uns auf der Couch nieder. Ich versinke im Polster. Ich mag es, wenn Sascha redet. Sprich nur ein Wort, so wird meine Seele gesund. Du brauchst Halt. Väter sind für den Halt zuständig, Mütter für das Herz. Die Gedanken baumeln hin und her, pendeln sich nur langsam aus in dieser gallertartigen Masse.

Wir trinken Wodka.

»Du kannst alles lesen, was wir hier im Quartier haben, und du kannst so oft herkommen, wie du willst«, sagt er und zeigt auf das Regal mit Büchern neben dem PC. »Unser Quartier ist dein Zuhause. Hier steht alles Wichtige, was du für den Kopf brauchst: Oswald Spengler, Al Gores Marshallplan für die Erde, Friedrich Engels, Heß – sogar eine Bibel haben wir, falls du was Erbauliches suchst.«

Er pickt das Buch mit dem schwarzen Einband und Goldschnitt aus dem Regal und wirft es mir lachend zu. Ich fange es sicher mit der Linken, obwohl mich der Alkohol langsam träge macht. Dann fällt mein Blick auf den Titel. Da steht nicht Bibel, sondern *Mein Kampf*. Ich muss grinsen.

Sascha prostet mir zu, wir trinken: »Lass uns nicht mehr über Politik reden, Kamerad. Heute ist dein Geburtstag. Habe lange darüber nachgedacht, was wir dir schenken könnten.«

»Ihr müsst mir nichts schenken. Wir kennen uns doch kaum.«

»Was soll das heißen?«, sagt Mark und haut mir auf den Oberschenkel. »Manche Leute sind vierzig Jahre miteinander verheiratet und kennen einander supergut. Und sie hassen sich.«

»Weil sie verheiratet sind«, ergänzt Tobias und schlägt über den Couchtisch hinweg bei Mark ein, der ihm für diese Antwort die geöffnete Hand hingehalten hat. Die Polster, in denen wir sitzen, sind alle unterschiedlich. Während die Couch rot-grün kariert ist, ist Tobias' Sessel aus dickem Leder. Der noch freie Sessel neben dem Rechner ist zigarrenbraun und aus Cord. Die Möbel sehen zusammengewürfelt aus, sogar die Stehlampe mit ihrem goldenen Schirm und dem schwarzen Fuß wirkt, als sei sie aus zwei Stehlampen zusammengeschraubt worden.

Tobias legt die Füße auf den Tisch. Wenn ich meine Schuhe ausziehen würde, könnte jeder meine fadenscheinigen Socken sehen. Ich hätte Angst, meine Füße würden stinken. Tobias sieht meinen Blick, sagt: »Wenn sie riechen, dann nur nach Deutschland!«

Alle lachen.

Mark zupft etwas gelangweilt an seiner Oberlippe, als wolle er sie endgültig abreißen. Er lässt die Lippe fallen, nur um sie nochmals mit Daumen und Zeigefinger ein wenig anzuheben. Sein Zahnfleisch ist hell und er schiebt sich einen Wodka in den Mund. »Trinkt, Kameraden«, sagt er.

Wir trinken weiter Wodka.

»Früher hatten wir auch Bräute bei uns«, sagt Tobias.

»Und jetzt?«, frag ich.

»Abgeschafft. Gab nur Stress. Wenn es drauf ankam, auf der Demo gegen die Zecken anzutreten, haben die sich nur mit den Zeckenweibern in die Haare gekriegt. Das war läppisch. Und sonst haben sie sich untereinander bekriegt. Erinnert ihr euch noch an Helena?«

Sascha nickt, und Mark sagt: »Die war so scharf auf Sascha, dass sie sich auf dem Parkplatz mit Tanja gekloppt hat. Wir haben eine Wagenburg gebildet und in der Mitte haben sie sich verprügelt.«

Ich lache und fühle mich wohl.

»Wie sieht's denn bei dir mit Weibern aus?«, fragt mich Mark und legt seine Hand auf meinen Oberschenkel. »Dein Vater hat mir nichts in der Richtung erzählt.«

»Wie meinst du das?«, frag ich.

»Ja, wie wohl? Hast du eine?«

Ich stocke, weiß nicht, was ich sagen soll, und deute zur Flasche: »Ich hätte noch gern einen …«

»Klaren«, sagt Sascha, der bemerkt hat, dass mir die Frage peinlich ist. »Bedien dich.« Er steht vom Drehstuhl auf und geht zur Balkontür. »Die solltest du niemals öffnen.«

»Warum?«, frag ich, als würde ich die Antwort nicht kennen.

»Weil es keinen Balkon mehr gibt. Ab hier …« – er klopft gegen die Scheibe der Balkontür – »… geht es nur noch abwärts.«

»Wenn die Leute besoffen sind, es Nacht wird und wir sie loswerden wollen, öffnen wir einfach die Tür«, sagt Tobias. Er nimmt die Füße vom Tisch und sieht mich ernst an. »… und stoßen sie runter. Da unten haben schon mehr Verräter gelegen, als es in der Küche Spinnen gibt.«

»Wie meinst du das?«, frag ich.

»Wer bei uns mitmacht, bleibt dabei, sonst lernt er fliegen – hab ich recht, Mark?«

Der nickt.

»Macht dem Jungen keine Angst«, sagt Sascha, und zu mir: »Lass dich nicht von den Kameraden verarschen. Die lieben das. Du bekommst hier von uns eine 1a-Ausbildung – für den Körper, für den Geist und für die Sache.« Sascha hat ganz im Gegensatz zu Tobias' hellen grünen Augen undurchsichtige braune und ein breites Kinn mit einer tiefen Kerbe darin wie ein James-Bond-Darsteller. »Schlag mal das Buch auf. Und lies dir den Zettel durch, den ich hineingeheftet habe.«

Ich finde hinter dem Cover ein gefaltetes Blatt und klappe es auf.

»Na, lies.«

Ich gehorche und lese: *Meine Pädagogik ist hart. Das Schwache muss weggehämmert werden. In meinen Ordensburgen wird eine Jugend heranwachsen, vor der sich die Welt erschrecken wird. Eine gewalttätige, herrische, unerschrockene, grausame Jugend will ich. Jugend muss das alles sein. Schmerzen muss sie ertragen. Es darf nichts Schwaches und Zärtliches an ihr sein. Das freie, herrliche Raubtier muss erst wieder aus ihren Augen blitzen. Stark und schön will ich meine Jugend.*

»Ist das von Hitler?«, frag ich.

»Ja«, sagt Sascha. »Das hat er gesagt und unsere Ausbildung wird dich zu einem Raubtier machen. Glaub es mir. Der Führer wollte nicht mit den Hunden spielen, er wollte aus ihnen wieder Rudel machen.«

»Kennen Sie auch meinen Vater?«, frag ich ihn.

»Hey, wir sind Kameraden. Wir duzen uns. Kameraden haben Respekt voreinander, aber sie duzen sich. Ist das klar? Wenn du mich noch mal siezt, holst du den nächsten Kasten Bier.«

Die drei lachen wie aus einem Mund.

Sascha lehnt sich mit dem Rücken an die Scheibe der Balkontür. Ich hätte Angst, das Glas könnte brechen und ich würde hinunterfallen. Er grinst mich an. Hält er mich wirklich für intelligent?

Mark schüttet mir noch einen Wodka nach.

Ich kippe ihn und er trinkt den Rest direkt aus der Flasche. »Pfützen musst du durch den Schlauch aussaugen«, sagt er. Dann verschwindet er in der Küche und kehrt mit einer neuen Flasche zurück.

Wir leeren auch diese.

Der Wodka tut seine Arbeit. Wir reden nicht mehr so viel. Meine Zunge ist schwer. Mit Bier kannst du Schnecken jagen, mit Wodka deinen Verstand abtöten.

Es klingelt.

»Hat die Schlampe den Schlüssel vergessen?«, sagt Sascha angriffslustig. Ich dachte, Frauen hätten hier keinen Zutritt.

Tobias will aufstehen, doch Sascha gibt ihm ein Handzeichen, er soll sitzen bleiben. »Lass sie. Sie wird einen Weg hier reinfinden. Sie ist eine Katze.«

Saschas Handy klingelt. »Siehst du«, sagt er zu mir gewandt. »So ist meine Schwester. Du wirst sie kennenlernen, ein Rasseweib. Sie weiß, wie man überall reinkommt.« Er geht ran: »Ich hab keine Zeit für dich, Schwesterlein.«

Es pocht an der Tür.

»Jetzt mach schon auf«, sagt Tobias genervt zu Sascha, der auf dem Bürostuhl hockt. »Ich hab keinen Bock auf eure Spielchen, ich will in Ruhe trinken und mir nicht gleich auch noch das Gemecker von deiner Schwester anhören müssen.«

Sascha nickt mir zu und befiehlt: »Mach du auf. Dich kennt sie nicht. Sie wird dich mögen. Sie steht auf dunkelblonde Adler-Typen mit scharfen Gesichtszügen.«

Eigentlich fühle ich mich wohl auf der Couch, in der ich versunken bin wie ein Schiff in einer Welle. Aber ich gehorche. Sascha geht ein paar Schritte durch den Raum. Die Schritte sind geräuschlos. Der Boden ist mit Teppich ausgelegt. Schlinge, unempfindlich, würde meine Mutter sagen. Graue Meterware. Der Teppich unter mir schwankt vom Wodka. An der Wohnungstür hängt eine schwarz-weiß-rote Reichskriegsflagge mit dem Georgskreuz. Die Klinke ist golden. Ich drücke sie runter und … klack! Verdammt. Ich habe gar nicht gesehen, dass es noch ein Innenschloss mit einer Kette gibt. Keiner lacht. Merkwürdig. Zumindest bei Mark hätte ich gedacht, dass er über so etwas lacht, aber offensichtlich gibt es im Quartier keine Häme gegen Kameraden. Ich schiebe den Riegel zur Seite und im selben Moment sehe ich ihr Gesicht: Es ist leicht gebräunt, klar und offen wie ein Kristall. Die Haare sind lang und schwarz – ganz schwarz und ganz …

Sie sagt nüchtern gelangweilt: »Darf ich reinkommen?« – und schwebt an mir vorbei. Ich will ihr die Hand geben, aber ich kann nicht. Vielleicht bin ich zu betrunken oder zu überrascht, denn einen schwarzhaarigen Engel hatte ich nicht erwartet. Mein Verstand arbeitet, meine Augen arbeiten schneller. Sie hat einen hübschen Po. Die Backen zeichnen sich rund unter der schwarzen Hose ab.

»Na, da kommt es ja!«, ruft Sascha ihr entgegen und sieht mich an: »Dein Geburtstagsgeschenk ist zurück von der Arbeit. Darf ich dir Marga vorstellen«, sagt er. »Mein Schwesterchen ist dein Törtchen. Die sollst du zum Geburtstag haben.«

4.

Ich bin allein. Das Sofa, auf dem ich liege, ist durchgesessen, meine Klamotten sind von der Nacht verschwitzt und kleben am Körper. Jemand muss mich mit einer Baumwolldecke zugedeckt haben. Gestrickt und weich. Wenn ich aufwache, habe ich stets die Hände über Kreuz wie ein Toter. Ich sehe auf die Runen. Ich kann mich nicht dran erinnern, was gestern noch passiert ist. Meine einzige wirkliche Erinnerung ist mein schwerer Kopf. Wodkaschwer. Ich versuche aufzustehen. Mir ist übel. Es sind nur ein paar Schritte zum Klo, aber es ist ein weiter Weg, bis ich wieder hier auf der Couch lande und rüber zum Fenster in den blauen Himmel sehe. Der war gestern auch schon so blau. Das weiß ich. Mein Magen rumort. Ich stehe trotzdem noch einmal auf und gehe Richtung Balkontür.

Drüben an der Shell hält ein Bus. Er bringt Leute von irgendwoher, die sich das Musical »Hair« im neuen Musical-Dome von M ansehen möchten. Der Tank vom Bus ist leer und neue Langeweile muss nachgefüllt werden. Die Gesichter an den Scheiben kann ich nicht erkennen – die meisten werden Rentner sein. Was für eine Scheiße muss das Leben sein, wenn du Hunderte von Kilometern mit einem Bus fährst, nur um dir irgendwo ein Drecksmusical anzusehen? Wir haben riesige Probleme, und diese Idioten lassen sich durch die Gegend schaukeln, weil sie Langeweile haben. Die verprassen den Rest, der in der Rentenkasse ist, und verseuchen auch noch die Luft mit ihrem Herumgegurke. Ich sehe hinunter auf den Bürgersteig. Nur diese einglasige Balkonscheibe trennt mich vom Abflug nach unten. Wenn du da aufkommst, bist du sicher tot.

Ich versinke wieder im Polster.

»Endlich wach?«, fragt eine ruhige Stimme hinter mir.

»Ich …«

Es ist Marga. Wo kommt sie her? Haben hier Engel Zutritt?, würde ich am liebsten fragen, aber ich schweige.

»Ich muss gleich weg«, sagt sie. Die Lippen glänzen.

Sie steckt sich ihr Haar zu einem Dutt hoch. Ihre Augenbrauen sind dicht und ihre Augen so dunkel, wie es sonst nur Öl sein kann. Die Sonne spiegelt sich drin und mein Blick verfängt sich in dieser Sonne. Was ist heute Nacht passiert?, frage ich mich. Saschas Worte klingen in meinem Kopf nach: *Dein Geburtstagsgeschenk ist zurück von der Arbeit.* Und dann? Was ist dann passiert? Ich sehe auf Margas Bauch. Am Bauchnabel trägt sie einen Ring aus Silber, der Anhänger fehlt offensichtlich, denn an einem solchen Piercing hängen normalerweise Herzchen oder Totenköpfe. Sie hat einen hübschen Bauch, der nicht ganz flach ist, sondern ein wenig gewölbt.

Marga sieht mich vertraut an. »Mein Bruder ist ein Idiot«, sagt sie. »Das hast du hoffentlich gleich gemerkt. Man hat ihm das Hirn amputiert.«

Das habe ich nicht gemerkt und ich glaube es auch nicht. Meine Schwester würde sicher auch so über mich reden, wenn sie noch bei uns lebte. Ich weiche Margas Blick aus, sehe auf ihre Schultern. Die Spaghetti-Träger liegen sicher auf ihren Schlüsselbeinen wie auf einer Gardinenstange. Sie besitzt Haltung. Sie geht gerade und stolz wie eine Frau, die mal Ballett getanzt hat. Russische Frauen tragen die Schultern zurück, deutsche Frauen lassen die Schultern hängen, außer sie haben Ballett getanzt. Meine Schwester war auch beim Ballett. Acht Jahre. Wenn ich gestern Nacht mit Marga geschlafen hätte, ich könnte mich daran erinnern – ganz sicher. Es kann nicht möglich sein, dass ich meinen ersten Sex verpenne. Ich bin ein kompletter Idiot. Wie kann man nur so blöde sein und nicht wissen, ob man noch Jungfrau ist oder nicht?

»Du bist ein netter Kerl, nicht so einer von diesen Idioten, die nur Saufen und Sex im Kopf haben«, sagt sie, verschwindet in der Küche und kehrt mit ihrer Kaffeetasse zurück, auf der ein Schäferhund abgebildet ist, der einen Fasan im Maul trägt. Ich kann mich einfach an nichts erinnern, was gestern Nacht noch passiert ist – Filmriss.

»Ich trinke sonst nie so viel Alkohol.«

»Die immer«, erwidert sie. »Gewöhn dir das nicht an. Die schimpfen über die Polen und saufen genauso viel. Meist wissen sie im Suff nicht mehr, was sie tun. Am besten, du kommst gar nicht mehr her. Mach was Vernünftiges. Die Ausländer werdet ihr sowieso nicht mehr los.«

»Warum?«

»Wenn ihr sie von hier vertreibt, lassen die sich in Dortmund oder Nürnberg nieder. Wollt ihr dann nach Dortmund oder Nürnberg ziehen, um sie wieder von da zu uns zurückzutreiben?«

»Weiß nicht.«

»Dank dir jedenfalls«, sagt sie freundlich.

»Wofür?«, frag ich.

»Andere hätten die Situation gestern Nacht schamlos ausgenutzt. Mein Bruder ist echt ein Arsch.«

»Ich kann mich kaum noch daran erinnern«, lüge ich. Schließlich weiß ich überhaupt nichts mehr.

»Na, als Tobias und Mark mich festgehalten haben und Sascha gesagt hat, dass du mich küssen sollst …«

»Und was habe ich gemacht?«

»Nichts, du hast nur *Nein* gesagt – ganz einfach.« Sie kommt auf mich zu und gibt mir einen Kuss auf die Lippen, leicht und sanft: »Dafür danke ich dir. Du bist echt ein klasse Typ.«

»Ich würde nie einer Frau gegen ihren Willen …«

»Das ist jedenfalls edel von dir gewesen«, unterbricht sie mich kühl.

»Oder dumm«, sag ich, um die Situation etwas aufzulockern.

»Du Arsch«, sagt sie. Ich weiß nicht, ob ihre Wut gespielt ist. »Wahrscheinlich hast du es auch faustdick hinter den Ohren. Das sind keine gekräuselten Kopfhaare, das ist Schambehaarung, die du auf dem Dach trägst«, sagt sie, wuschelt mir durch die Wolle und lacht.

Ich sage entschuldigend: »Nein, so habe ich das nicht gemeint …«

Sie verschwindet in der Küche.

Ich gehe zur Balkontür und sehe auf den Gehsteig. Platten. Wer sagt dir eigentlich, dass du als Kind nicht auf die Fugen zwischen den Platten treten darfst? Deine Eltern? Deine Lehrer? Du selbst? Immer schön von Platte zu Platte gehen. Später, wenn deine Schuhe so groß sind, dass sie fast nicht mehr auf eine Platte passen, trittst du irgendwann zum ersten Mal auf die Fugen, aber du merkst es nicht mehr, es bringt dir nichts mehr, du hast den richtigen Zeitpunkt verpasst, um auszubrechen. Jetzt hängst du in einer Endlosschleife, die sie Alltag nennen.

»Ich bin dann mal weg. Du kannst hierbleiben«, sagt sie.

Die Tür fällt ins Schloss, ehe ich noch ein »Tschüss« erwidern kann.

Ich habe Schule, aber es ist sicher schon elf oder zwölf. Mein Handy ist leer und eine Uhr habe ich in der Wohnung nicht gesehen. Sie brauchen hier keine Zeit. Ich lege mich noch mal hin und träum auf dem Sofa von Marga. Hätte ich die Situation doch heute Nacht nur ausgenutzt. Ich hätte sie wenigstens fragen sollen, ob sie mich zugedeckt hat. So eine Frau werde ich in meinem ganzen Leben nie wieder kriegen. Das ist, als ob du sechs Richtige mit Zusatzzahl ankreuzt und den Lottoschein nicht abgibst. Ich würde diesen Bauch gerne küssen. Meine Hand liegt auf meiner Hose, aber ich schlafe ein. Ich komme in deine Nächte und lasse mich dort nieder.

Tobias weckt mich.

»Gut, dass du noch da bist. Ich habe versucht, dich auf dem Handy zu erreichen.«

»Leer«, sag ich. Mein Kopf fühlt sich besser an.

Ich esse die zweite Hälfte von dem Salami-Brötchen, das Tobias mitgebracht hat.

»Trink noch einen Schluck Bier«, rät er mir.

»Ne«, sag ich angewidert.

»Glaub mir, es hilft. Du musst ja nicht gleich die Sauferei anfangen, aber eine Flasche wirkt Wunder nach so einer Nacht.«

Ich lasse mich breitschlagen und nehm einen Schluck. Es schmeckt zwar scheußlich säuerlich, aber kurz darauf geht es mir wieder gut.

»Sascha erwartet dich«, sagt Tobias.

»Wo?«

»Wirst du schon sehen.«

»Was?«

»Jetzt quatsch nicht lang rum. Er will dich testen. Das machen wir immer mit neuen Kameraden. Den Test gestern hast du ja mit Bravour bestanden.«

»Welchen Test?«

»Ja, meinst du etwa, Sascha hätte dir Marga wirklich einfach so angeboten? Das war doch nur ein Test.«

»Hat Marga das gewusst?«, frag ich und verlasse mit Tobias die Wohnung.

»Dann hätte es nicht so echt gewirkt. Er wollte wissen, ob du den richtigen Respekt vor Frauen hast, die sauber sind.«

Wir betreten den Aufzug. Er ist mit Holzfurnier ausgekleidet. Es ist mit den Jahren nachgedunkelt – genau wie der in unserem Haus, bevor sie ihn vor ein paar Tagen renoviert hatten. Farben verändern sich. Früher haben sich die Leute unter der Farbe Braun ein tiefes Dunkelblau vorgestellt. Da sagten sie noch, die Nacht sei braun. Vater hat mir das erzählt. Er liebt seine Arbeit. Mit Farben kennt er sich aus. Eine Farbe kannst du nicht malen, sondern nur sehen, sagt er. Erst das Sehen macht aus einer Farbe eine Farbe. Eine Farbe ist nur eine Vorstellung von einer Farbe, nicht bloß Materie. Das ist wie mit der Musik und der Geige. Auf einem Klavier liegen die Noten sauber getrennt nebeneinander, auf einer Geige musst du den Bogen führen und gleichzeitig mit der Linken nach den Noten greifen. Da musst du die Noten mit dem Gefühl treffen. Auf dem Klavier ist es scheinbar klar und deutlich wie in einem Schulmalkasten von Pelikan, wo jede Farbe ihr Töpfchen hat. Aber das ist alles Illusion, denn jeder fühlt bei einer Farbe etwas anderes und du musst ein sympathisches Gefühl erzeugen. Sympathie ist das Einzige, was zählt.

»Was will denn Sascha von mir?«

»Überlass das Sascha«, sagt Tobias.

Mit der Bahn sind es sieben Stationen bis in die Innenstadt. In Kunding gibt es so gut wie keine Reklamewände. Die meisten Leute hier sind arbeitslos oder sie arbeiten für so gut wie nichts. Es lohnt sich für die Werbewirtschaft einfach nicht, Reklamewände aufzustellen. Je näher du jedoch zum Kern von M kommst, desto massiver wird die Werbung. Werbung hat was mit Sex zu tun. Mich widern Werbeplakate an. Welcher Fünfzigjährige soll denn noch Spaß an seiner Frau haben, wenn er ständig die perfekten Bodys von Zwanzigjährigen in Seidenunterwäsche auf Großleinwänden zu sehen bekommt?

»Da macht dir deine Frau doch keine Freude mehr«, sag ich zu Tobias und sehe auffällig zu einem Plakat, von dem mich eine großäugige schlanke Frau ansieht und ihre Brüste in einem BH präsentiert, als würde sie Pralinen verkaufen.

»Es ist ekelhaft«, sag ich. »Prostitution ist dagegen so seriös wie ein Mädcheninternat.«

»Stimmt«, sagt er. »Das ist einer der vielen Gründe, warum sich hier endlich was ändern muss.«

»In der DDR hat es so was nicht gegeben, sagt mein Vater.«

»Stimmt«, sagt Tobias. »Deshalb sind wir ja auch Sozialisten. Aber wenn du keine nationale Identität hast, funktioniert der Sozialismus nicht. Deshalb gibt es ja den Nationalsozialismus. Selbst im Internationalismus steckt das Wort Nationalismus. Doch das kapieren die Zecken nicht.«

Da bin ich einer Meinung mit Tobias: »Die wollen nur Randale.«

»Die ziehen ihre einzige Lebensberechtigung daraus, dass sie sich mit uns kloppen. Wenn wir eine Demo machen, stehen die sofort auf dem Plan und machen eine Demo gegen uns. Das ist lächerlich. Schon dafür gehören sie verprügelt.«

Sascha wartet am Marktplatz auf uns. Wir reden nicht viel. Er gibt Tobias die Plastiktüte, aus der der Griff eines Baseballschlägers guckt. Er ist mit blauem aufgerautem Klebeband umwickelt. Blicke sagen mehr als tausend Worte: Sascha lässt seinen Blick zum Asia-Grill hinüberschweifen. Dann auf die Kamera, die oben an der Laterne bei der Haltestelle installiert ist. Dann wieder auf den Asia-Grill. »Die Kameras sind immer zum Schutz der Kanaken angebracht. Wo die meisten Kanaken leben, sind die meisten Kameras. Der Staat ist nicht mehr als ein Kanakenschutzverein.«

Ich nicke.

Will Sascha, dass ich die Scheibe vom Asia-Grill einschlage? »Soll ich …?« Ich sehe fest entschlossen zum Grill hinüber und will mir den Schläger greifen. Wenn das die Aufnahmeprüfung ist, dann werde ich sie jetzt bestehen.

Sascha schüttelt den Kopf. »Bleib erst mal hier und warte. Deutschland braucht starke Herzen, aber sie müssen wissen, wann sie zu schlagen haben. Tobias gibt dir gleich die Instruktionen.« Sascha geht allein auf den Asia-Grill zu und verschwindet drinnen.

Tobias drückt mir die Plastiktüte in die Hand.

»Du gehörst doch zu uns?«, fragt er mich.

Ich sage: »Ja.«

»Dann ziehst du jetzt die Kapuze über, gehst zum Laden und sprühst ein Hakenkreuz auf die Scheibe. Das Schlitzauge wird sicher hinter seinem Tresen stehen und dich anglotzen, aber du glotzt nicht lange zurück, sondern schlägst die Scheibe mit dem Baseballschläger ein. Danach gehst du durchs Fenster rein und sagst ihm, dass er beim nächsten Mal tot ist, wenn er nicht tut, was wir wollen.«

Ich bin aufgeregt. Es ist ein gutes Gefühl. Ich weiß nicht, ob ich alles behalten habe, was Tobias gesagt hat. Wenn du auf einen schießt und es ist deine Pflicht, ist es kein Mord. Das ist Dienst, hat mein Opa immer gesagt. Er war in der Volksarmee und hat dran geglaubt wie mein Uropa an die SS. Du musst an etwas glauben, sonst glaubst du jeden Mist, den dir die Werbung verspricht.

»Hast du das kapiert?«, fragt mich Tobias, als habe er bemerkt, wie meine Gedanken abschweifen.

»Und was mache ich, wenn ich aus dem Grill rauskomme?«

»Das überlasse ich dir. Du bist doch jetzt sechzehn, du dürftest sogar in die NPD eintreten«, sagt er im Scherz.

»Ich würde allerdings meine Maske so lange auflassen, bis du da vorn angelangt bist.« Er deutet auf die Seitenstraße neben dem Imbiss. »Da wirst du von mir und Sascha in Empfang genommen. Wir verpissen uns gemeinsam. Ist das klar?«

Alles ist ganz einfach. Ich wiederhole: »Ich male ein Hakenkreuz, geh durch die Scheibe, sage meinen Spruch und geh wieder raus aus dem Laden.«

Sascha kommt aus dem Asia-Grill und hebt den Daumen.

Tobias sieht mich herausfordernd an. »Worauf wartest du noch?«, fragt er. »Zieh die Maske über und mach deine Arbeit.«

Ich gehorche. Die Bahn hält quietschend auf dem Platz. Es drängen sich jede Menge Leute an den Türen, die ein- und aussteigen. Sie beachten mich nicht, wie ich mit meiner schwarzen Maske über den Platz gehe, in der Rechten einen Baseballschläger und in der Linken eine Sprühdose halte. Mein Vater ist Maler. Ich soll Maler werden. Die Fensterscheibe vor mir. Ich sprühe, beginne links oben mit meinem Hakenkreuz. Das Schlitzauge sieht mich entsetzt durch die Scheibe an. Kreuzspinne, Hakenkreuzspinne. Seine Augen werden richtig rund wie die eines toten Ferkels. So runde Augen können nur Schlitzaugen machen. Ich fühle mich gut, es ist einfach, sich gut zu fühlen. Das Hakenkreuz ist jetzt fertig. Ich trete einen Schritt zurück, damit ich es besser sehen kann. Perfekt. Wieder einen Schritt vor. Mein Schläger peitscht gegen die Scheibe. Das Glas platzt, es explodiert geradezu. Eine Scherbe springt mir auf den Unterarm, es sticht. Die Sau von Asiat hat Schuld daran. Nicht einmal Verbundglas hat er gekauft.

Glas ist so zerbrechlich, die Haut ist so verletzlich. Wenn die Sau von Schlitzauge nicht hier wäre, müsste ich mich nicht um ihn kümmern. Warum bleiben die nicht in Vietnam oder China? Warum lassen die uns nicht in Ruhe? Vergiften unsere Kinder mit stinkendem Plastikspielzeug und machen die Preise kaputt.

Ich gehe auf ihn zu. Die Scherben knirschen unter meinen Schuhen. Der Asia-Mann tut nichts. Seine Frau oder sonst irgendein Weib kommt aus der Küche. Ist das etwa ein Familienbetrieb? Vermehren die sich hier?

»Nein, bitte nicht …!«, ruft er mir entgegen. »Können mein Geld haben! Bitte nehmen es!«

Was hält der von mir? Ich bin kein Verbrecher. Ich will nicht sein Geld. Ich will meinen Satz sagen. Der denkt nur an Geld. Die kommen hierher, und es geht ihnen nur darum, uns das Geld aus den Taschen zu ziehen und uns mit Glückskeksen zu verarschen. Die kennen doch nur ihre Mafia, die kennen keine Ehre. Nur den Geruch von Geld haben die in der Nase. Und die können sich gar nicht vorstellen, dass einer etwas über den Tag hinaus für die Menschen erreichen will, dass jemand noch Ziele hat, die man nicht einfach im Laden kaufen kann. Die Welt ist kein Supermarkt. Die Welt ist ein verletzliches Tier.

»Ich will dein Geld nicht«, sag ich. »Das überlass ich den andern.«

»Aber …«

Ehe er noch Widerworte geben kann, schlage ich zu. Ich habe noch nie jemanden mit einem Gegenstand geschlagen, doch wenn es die Sache verlangt, wenn jemand es nicht anders verdient hat, muss er dafür zahlen. Es ist so einfach, so leicht. Der Baseballschläger durchbricht seine Abwehr und landet auf seinem Schädel. Rot quillt aus der Stirn. Asiaten haben keine gelbe Hautfarbe. Rot und gelb. Wenn du Maler wirst, dann musst du die Wellenlängen der Farben kennen. Es ist kein leichtes Handwerk, wenn du es ernst nimmst. Ich schlage noch mal zu. Knapp fünfhundert Euro in der Ausbildung. Urlaubsanspruch fünfundzwanzig Tage. Es ist ein schöner Beruf, aber reich wirst du nicht. Ein Beruf mit Zukunft. Zukunft. Mein Vater hat mir sogar schon das Lehrbuch besorgt. Idiot. Ich schlage noch mal zu und sehe seine Frau. Sie kauert in der Ecke, gleich neben dem Reissack. Sie sieht mich an, als sei sie verzweifelt. Ihr Blick ist nicht tückisch, ihr Blick ist ängstlich. Hundeblick. Die fressen Hunde.

»Alles ist gut«, sag ich. »Keine Angst. Der Hund muss erzogen werden, sonst beißt er dem Herrn in die Hand.«

Ich drehe mich um. Ich sehe das Blut nicht mehr. Es ist nicht mehr da. Ich fühle mich gut und gehe gelassen auf den Bürgersteig. Ich habe meine Aufgabe erledigt. Mehr als das. Der Asiat wird nach Hause fahren und nicht mehr wiederkommen, wenn ich es gut gemacht habe. Das gibt dem Entwurzelten seine Heimat zurück.

»Jetzt komm endlich, du Wahnsinniger!« Es ist Tobias' Stimme.

Sie warten hinter der Ecke auf mich.

»Der Schläger ist ja voller Blut. Du solltest ihm nur Angst einjagen. Hast du ihn etwa umgebracht?«, fährt mich Sascha an.

Ich halte meine Maske in der Hand. Hab ich ihn umgebracht? Ich habe noch nie jemanden mit einem Knüppel geschlagen. Das ist nicht meine Art. Ich schlage mich möglichst nicht. Es ist primitiv. Aber was sollte ich machen? Ich sollte doch in den Asia-Grill gehen.

»Wir müssen schleunigst weg hier«, sagt Sascha.

Wir steigen in den Toyota-Kastenwagen.

Sie wollen alles genau von mir wissen.

»Warum hast du denn mit dem Ding gleich so zugeschlagen?«, fragt Sascha und gibt Gas.

»Ich dachte, er hätte eine Waffe«, rechtfertige ich mich.

»Sicher nicht«, sagt Sascha.

»Hab ich aber gedacht.«

»Jetzt mal nicht so nervös, Kamerad. Du musst dich hier nicht entschuldigen. Du brauchst keinen Grund, wenn du ein Schlitzauge plätten willst.«

»Aber ich habe wirklich gedacht …«

»Belüg mich nicht«, sagt Sascha. »Es war genau richtig, was du getan hast. Mach es jetzt nicht kaputt. Keiner macht dir Vorwürfe. Wir sind nur erstaunt.«

Hoffentlich habe ich den Mann nicht getötet. Ich kann nicht glauben, was ich getan habe.

Tobias will wissen, wie ich mich fühle.

»Gut«, sag ich, aber das Wort kommt so langsam aus meinem Mund, dass es gleich als Lüge entlarvt ist. »Ich weiß nicht, was ich sagen soll«, schiebe ich hinterher. »Es ist alles so ungewohnt für mich. Soll ich mich denn gut fühlen?«

»Das solltest du«, meint Sascha freundlich. »Du hast heute endlich etwas getan und nicht nur in die Glotze geguckt.«

»Wo ist eigentlich Mark?«, frag ich. In meinem Kopf geht es durcheinander. Vielleicht hatte der Vietnamese ja wirklich eine Waffe. Dann habe ich ihn nicht getötet, dann war es schlicht Notwehr. Ganz sicher.

»Mark hat ein Treffen«, erklärt Sascha. Er beobachtet mich im Rückspiegel. Sechs Sitze gibt es hier hinten.

»Mensch Junge, das hätte ich nicht gedacht, dass du das so durchziehst.«

»Ich auch nicht«, sage ich ehrlich. »Es war gut, einfach nur gut, aber jetzt …«

»Nichts jetzt. Das kannst du nicht mehr zurückdrehen. Du bist ein echt irrer Typ. Du hast Potenzial. Die meisten können nur aus Gier töten, nicht aus Stolz.«

»Kann sein«, sag ich. »Ich würde jetzt gern nach Hause fahren. Ich brauch frische Sachen.«

Sascha nickt mir im Rückspiegel zu: »Hast recht. Aber guck erst mal in das Paket auf der Sitzreihe hinter dir.«

»Was ist da drin?«

»Guck rein. Ist ein Willkommensgeschenk. Für dich zähen Kerl habe ich mir was Besonderes einfallen lassen, damit du breiter wirst. Wir brauchen ein breites Kreuz, um uns nicht verbiegen zu lassen.«

Ich will das längliche Paket über die Lehne wuchten, aber es ist zu schwer. Ich steige nach hinten und reiße die Pappe am Kopfende auf.

Die Ampel ist rot. Sascha bremst. Er dreht sich zu mir um. »Für dich.«

Tobias nickt mir ebenfalls zu. »Der ist aus Rindsleder, ein super Teil.«

Ich ziehe den Box-Sandsack aus der Verpackung und lese die Buchstaben, die ihn einmal umlaufen: »Bimbo! … Das ist witzig«, sag ich.

5.

Meine Mutter hat mich vermisst, mein Vater nicht. Er hat geahnt, dass ich bei Freunden versackt bin.

»Hab ich es dir doch gesagt«, sagt er zu Mama und nimmt sie liebevoll in den Arm. »Der Junge wird flügge. Er ist nicht nur der Intelligenteste von den ganzen Dummköpfen in seiner Klasse, sondern endlich hat er auch genug Hirn, um sich mal ein bisschen Freude im Leben zu gönnen.« Er drückt ihr einen Kuss auf die Stirn. »Wir haben früher auch immer gewusst, was zählt.«

»Und heute hat ein Pole deine Stelle«, sagt Mama.

»Und warum?«

»Weil die besser trinken können. Die fallen dabei wenigstens nicht gleich vom Gerüst.« Sie hebt die Mundwinkel und sieht ihn schelmisch an. Sie meint die Bemerkung im Scherz – nicht böse. Ich muss schmunzeln, Vater nicht.

»Und vielleicht reißt du dich ja jetzt ein bisschen zusammen«, sagt er überraschend zu mir. Der Satz kommt wie aus der Hüfte geschossen.

Was meint er damit?

»Deine Mutter war ganz schön geknickt gestern früh«, sagt er.

»Jetzt lass doch …«, versucht sie, ihn zu unterbrechen. »Ich hab dir doch gesagt, wir müssen das mit dem Jungen nicht mehr diskutieren. Passiert ist passiert.«

»Der Junge kann dich doch nicht einfach wie ein Stück Dreck behandeln. Immerhin hast du ihm die Geburtstagstorte gebacken.«

»Ich wollte dich nicht beleidigen, Mama«, sage ich. »Wirklich nicht. Aber ich bin kein Kleinkind mehr.«

»Du hast dich halt nicht unter Kontrolle«, sagt sie. »Das ist dein Charakter.«

»Quatsch«, fährt mein Vater dazwischen und lässt sie augenblicklich los, um mit beiden Händen reden zu können. »Marvin braucht nur eine klare Linie. Das ist es, was ihm fehlt, die Linie.«

»Was hast du eigentlich Mark alles über mich erzählt?«

»Wer ist Mark?«

Stellt er sich jetzt dumm, weil er weiß, dass Mama die Rechten nicht mag, oder kann er sich wirklich nicht erinnern. »Du kennst ihn aus dem Blauen Ochsen. Das hat er mir jedenfalls erzählt.«

»Ich kenne keinen Mark.«

»Er hat jede Menge Piercings im Gesicht, über der Braue und an der Lippe. So silberne Ringe.«

»Ach so, den meinst du. Der sah zwar aus wie eine zu kurz gekommene Konservendose, aber er hat gewusst, wo es langgeht. Ganz im Gegensatz zu dir.«

»Was du ihm gesagt hast, will Marvin wissen«, sagt Mama.

»Was weiß ich? Sicher nicht, dass du ein friedliches Bürschchen bist.«

»Der Junge hat sich halt nicht unter Kontrolle. Er sollte einen Sport anfangen. Sport hilft gegen Jähzorn.«

»Ich weiß genau, was ich will«, sag ich. »Genauso sehr wie Mark und meine Kameraden.«

»Maler und Lackierer willst du werden«, stellt Vater befehlend fest. Er wartet auf ein Widerwort, aber ich gebe ihm keins. Ich kann es nicht. Ich will Nein sagen, aber ich schweige.

»Siehst du«, sagt Vater. »Deine ganze Energie könntest du einfach an einem Sandsack rauslassen.«

»Wie kommst du darauf?«

Mein Vater schweigt, obwohl ich nochmals nachfrage. Was ist das hier für ein Spiel? Er kann nichts von dem Geschenk wissen. Ich habe den Sack doch eben erst heimlich bei uns im Keller verstaut.

»Geh auf dein Zimmer«, sagt er.

»Papa hat recht«, sagt sie.

Ich nicke.

Ich gehe in mein Zimmer und lade mein Handy auf; sehe sechs Anrufe von Mama. Sie hat sich wirklich Sorgen gemacht. Sonst hat niemand angerufen. Ich muss an Marga denken. Sie ist schön. Ich muss an den silbernen Ring an ihrem Bauchnabel denken und sehe auf den Ring an meiner Zimmerdecke. Daran hing früher ein frei schwebender Korbsessel. Ich habe als Kind immer dringehockt, die Beine angezogen und aus dem Fenster in die Wolken geträumt.

»Ich fahr zur Tanke«, sagt mein Vater. Seine Stimme ist nah. Er steht vermutlich direkt hinter der Tür. Er will eigentlich keinen Streit mit mir. Das weiß ich. Aber er ist genauso aufbrausend wie ich. Und die Arbeitslosigkeit macht ihn fertig.

»Nein, du musst mir kein Bier mitbringen!«, ruf ich.

»Willst du nicht wenigstens mitkommen?«

»Nein. Ich geh gleich noch mal weg.«

»Zu wem?«

»Freunde«, sag ich.

»Aber du hast doch keine Freunde«, witzelt er.

Ich entgegne ihm nichts, höre nur, wie die Wohnungstür zufällt. Wenn du wie ein Stein fallen willst, dann solltest du nicht denken. Wenn du denkst, wirst du niemals fliegen. Der Satz kommt mir in den Sinn, aber ich weiß nicht, wo ich ihn aufgeschnappt hab. Vielleicht gestern Nacht? Ich hab keine Lust mehr auf Schule, obwohl meine Lehrer sagen, ich soll dabeibleiben. Ich hätte das Zeug zum Abitur. Das Zeug zum Abitur? Was soll das heißen? Das schafft doch jeder Depp. Ich hab einfach keinen Bock darauf. Du kannst nicht mehr frei denken, wenn sie dich auf ihre Produkte abgerichtet haben. Konsum, Demokratie und ein bisschen falsch verstandene Freiheit. Und dann? Was soll ich mit dem Abi machen? Ein Maler und Lackierer mit Abitur in einem Polackenladen? Ich kann mir nicht mal einen Vertrag fürs Handy leisten und die Ausländer laufen mit den edelsten Teilen durch die Gegend. Ich hätte heute zu dem Schlitzauge sagen können: Her mir dem Geld! Er hätte es mir sicher gegeben.

Ich muss meinen Eltern helfen. Sie haben ein besseres Leben verdient. Kein Deutscher hat es verdient, auf der Straße zu liegen und zu versauern, und irgend so eine Reistonne macht sich an uns die Taschen voll. Ich hab Energie, ich muss sie nur nutzen. Sie haben sich immer geliebt. Aber wenn das so weitergeht, wird meine Mutter sich eines Tages wehren, weil mein Vater nichts mehr zu sagen hat in diesem Land und in diesem Leben.

Das Handy vibriert. Die Nummer ist unterdrückt.

»Ja?«

Es ist Sascha. »Kommst du gleich vorbei?« Sie wollen nachher auf Jagd gehen.

»Was meinst du damit?«

»Deine Hauttemperatur steigt um drei Grad, wenn dir eine geile Frau in die Augen sieht, sie steigt noch höher, wenn dir ein Reh vor die Büchse läuft. Glaub mir, es geht nichts über Jagdfieber, und heute Abend ist ein guter Abend. Es wird eine warme Nacht. Wir dürfen die Zeit nicht vertrödeln, wir müssen sie nutzen.«

Ich muss zu meinen Kameraden und zieh mich um.

»Wohin willst du?«, fragt meine Mutter.

»Frag Papa«, sag ich.

»Gehst du zu ihm und diesem Mark in den Blauen Ochsen? Fang nicht auch noch mit der Sauferei an.«

»Ich geh dahin, wo Papa gern wäre.«

»Wie meinst du das?«

»Dass ich mich sicher nicht hinter einem Korn und einem Pils im Ochsen verstecke.«

»Mach keine Dummheiten.«

»Soll ich etwa die Beine hochlegen, den Fernseher anschalten und darauf warten, dass ich gelähmt werde? Willst du das?«

Sie sieht mich verdutzt an, dann hält sie mir die Wange hin und empfängt einen Kuss, lächelt und kämmt sich mit drei Fingern die Haare zurück.

»Hab dich lieb«, sagt sie.

Sie ist eine gute Mutter. Ohne sie wäre ich nie so weit gekommen. Die Türken, die Albaner, die Kurden, alle sagen sie, dass man seine Eltern ehren soll. Wir Deutsche haben das vergessen, weil uns die Eltern nicht mehr schlagen. Die Polacken haben wenigstens noch ihre Religion, einen Herrn im Himmel. Der geschlagene Hund kehrt stets zum Herrn zurück. Das weiß jeder. Warum schlagen sie uns nicht mehr? Warum halten uns unsere Eltern nicht mehr an der Leine?

»Marvin. Du fängst doch nicht mit der Trinkerei an?«

Ich antworte: »Nein. Wie oft soll ich das denn noch sagen?«

»Versprich es mir. Es macht dich kaputt.«

»Ist Papa kaputt?«

Sie schweigt, sieht mich an und sagt nach ein paar Sekunden: »Eigentlich hattest du doch heute früh Schule. Du warst nicht da. Oder?«

»Nein«, sag ich.

»Es ist gut, dass du mich nicht belügst«, sagt sie.

»Ich muss nicht lügen, weil ich keine Angst hab.«

»Du lässt dir doch nicht die Haare abschneiden?«

»Hab ich etwa Kopfläuse?«

»Du weißt, was ich meine.«

»Wie kommst du darauf, dass wir uns die Haare abschneiden müssen, um etwas zu unternehmen?«

»Frau Reuter hat mich angerufen. Sie sagt, du wärst gestern vor der Schule von zwei bekannten Rechten abgeholt worden.«

»Ich hab dir gesagt, dass ich bei Freunden war. Und Papa sagt selbst, dass wir mal mit der Ausdünnungsschere durch Deutschland gehen müssen. Sonst wachsen die Haare nicht mehr.«

»Papa erzählt viel, wenn er betrunken ist. Deine Lehrstelle ist dir sicher. Vergiss das nicht. Aber Diederich wird keinen Rechten einstellen.«

»Ich bin nicht rechts und ich bin nicht links, ich bin deutsch.«

Sascha, Mark und Tobias sind im Quartier. Sie hocken um den Couchtisch, als hätten sie was zu beratschlagen.

»Ist Marga da?«, frag ich. Was Blöderes hätte ich gar nicht fragen können.

Alle drei grinsen breit, als ob sie den Spargel quer essen wollten.

»Nö, vermisst du sie?«, fragt Mark ironisch.

»Heute früh war sie hier und hat mich überrascht.«

»Magst du keine Überraschungen, wenn sie Titten haben?« Mark grinst – alle grinsen.

Ich schwitze an den Handinnenflächen. Gleich werde ich am Nacken schwitzen. Das ist immer so, wenn ich nervös bin. Plötzlich sieht Sascha mich ernst an: »Heute läuft eine große Aktion und du kannst dabei sein.«

Mark zieht mich neben sich aufs Sofa und drückt mir eine Flasche Bier in die Hand. »Hör Sascha zu!«

Doch Sascha geht wortlos zum Beistelltischchen neben dem Sessel. Er zieht die Schublade auf und holt zwei Digitalkameras raus.

»Was hast du für ein Handy?«, fragt er mich.

Ich krame es aus der Tasche. »Motorola.«

»Da ist eine gute Kamera drin. Mark hat nur ein Scheißteil, er nimmt besser den Fotoapparat und ich nehm den andern.«

»Was habt ihr vor?«, frag ich.

»Deine Ohren sollen Augen machen«, sagt Sascha. »Hör einfach zu!«

Tobias berichtet, wie er vergangene Woche auf der Arbeit – er jobbt im Getränkemarkt beim Lidl – Besuch von einem Mann mit dunklem Jackett bekommen hat. »Der Typ war vom Verfassungsschutz, hat mir angeboten, ich soll ihm Informationen bringen, dafür bekäme ich Geld.«

Mark unterbricht ihn. Er ist wieder so nervös und aggressiv wie bei unserer Begegnung im Bus. »Eigentlich müssen sich diese Wanzen überhaupt nicht so viel Arbeit machen, weil es genügend Verräter in unseren Reihen gibt, die sich als Selbstdarsteller dem Verfassungsschutz anbieten. Aber wenn wir einen von denen erwischen, machen wir ihn ...«

»Lass mich reden«, fällt Tobias Mark ins Wort. »Ich habe gleich ein Treffen mit dem Kerl – direkt am Lidl. Wir müssen in einer halben Stunde los. Denn wir sollten mindestens eine halbe Stunde vor der Ratte da sein.«

»Und was machen wir dann?« Ich sehe hinüber zum Baseballschläger, der an der Couchlehne ruht. Das Rot ist weg. Jemand muss ihn abgeputzt haben.

Sascha winkt ab. »Nicht effektiv genug. Den machen wir anders und für immer fertig. Deshalb auch die Kameras und Handys.« Er fährt den Rechner hoch. Wir sehen uns auf Google Earth das Gelände des Lidl-Markts an. Ich kenn das Gebäude, aber aus der Satellitenperspektive sehen die Dinge immer anders aus. Sascha erklärt uns – und dabei berührt sein Zeigefinger, an dem er einen dicken goldenen Siegelring trägt, immer wieder den Bildschirm –, wo genau wir uns am Lidl postieren sollen, um im richtigen Moment »effektiv« zuzuschlagen.

»Kapiert?«, fragt er. Wir nicken.

»Und jetzt kannst du dir den Kopf kahl scheren, wenn du unbedingt willst«, sagt Sascha zu Tobias.

»Warum willst du dir die Haare abrasieren?«, frag ich.

»Soll eine Überraschung für den Wichser vom Verfassungsschutz werden«, sagt er und geht mit Mark ins Bad.

6.

Der Lidl schließt gleich. Der verabredete Treffpunkt liegt an der Längsseite des Gebäudes – dreißig Meter vom Haupteingang in einer Nische bei den Müllcontainern. Der Treff ist schwer einzusehen. Es steht zu viel in der Gegend rum: Ein leerer Lastwagen parkt gleich am Gebäude, und die Container sind nicht in Reih und Glied aufgestellt, sondern liegen eher wie riesige Legos unordentlich rum – einer ist ausgebrannt.

Ich gehe zum Lkw und versteck mich dahinter. Ich bin von allen am nächsten dran an dem verabredeten Treffpunkt. Mein Herz schlägt mir bis in den Hals. Die Dunkelheit kommt, sie kriecht langsam in alle Ritzen der Gegenwart. Bald wird mein winziger Blitz am Handy gar nicht mehr für ein vernünftiges Foto reichen.

Tobias wartet am Treffpunkt. Er trägt ein Käppi. Ich sehe Marks Haarschopf, er kauert oben auf dem Flachdach vom Lidl. Wo ist Sascha? Ich habe eine Dokumentation über die neuen Kampfanzüge der Amis gesehen. Da können die Soldaten über GPS in ihrer Brille beobachten, wer hinter der nächsten Ecke steht. So ein Teil wär jetzt genial. Sascha müsste dort drüben am Container warten. Langsam leert sich der Parkplatz vor dem Discounter, die Schlange an der Ausfahrt ist abgerissen, nur noch vereinzelt biegt ein Wagen auf die Frankenstraße ein.

Die Zeit vergeht und es dämmert. Vor fünf Minuten hätte das Treffen über die Bühne gehen sollen. Ich sehe hinüber zu dem Container. Sascha ist endlich da. Damit sind alle Kameraden auf ihren Posten. Nur der Verfassungsschützer ist noch nicht hier. Schritte auf dem Asphalt klacken. Keine Kreppsohlen, sondern Leder. Ich dachte immer, die Spionagetypen würden sich unauffällig bewegen. Der hier scheint anders zu sein. Er trägt ein bunt gestreiftes Hemd mit knallgelben Schattenrissen von Zitronenfaltern drauf und verwaschene Jeans. Wie ein Beamter sieht er nicht gerade aus. Ich klettere auf die Ladefläche des Lastwagens – versteck mich. Er geht an mir vorbei.

Tobias' Stimme ist jetzt zu hören. Er sagt in leicht vorwurfsvollem Ton: »Sie sind zu spät.«

»Hatte noch zu tun.« Der Verfassungsschützer hat eine bärendunkle Stimme wie ein Radiomoderator für Country-Musik.

Ich klettere vom Lastwagen und pirsche mich mit gezücktem Handy an, hocke direkt an der Radkappe, höchstens vier oder fünf Meter von den beiden entfernt; ich sehe Sascha, wie er hinter dem Container vorkommt. Ich bin zu angespannt, um mich auf das Gespräch von Tobias und dem Verfassungsschützer zu konzentrieren. Ich halte das Handy vor meine Nase, sehe kurz durch den Sucher, warte auf Marks Zeichen, der von oben den Überblick hat, versteh noch den Wortfetzen, den der Verfassungsschützer sagt: »… und wenn Sie die Informationen haben, dann …«, da hebt Mark den Arm und schießt sein Foto vom Dach herab. Ich drücke ebenfalls ab, genau wie Sascha. Drei Blitze. Der Donner lässt nicht lange auf sich warten, denn der Verfassungsschützer schreit Tobias an: »Sie Volltrottel!«

Da zieht Tobias seine Kappe. Auf dem blank geschorenen Schädel steht in Rot geschrieben: »VERRÄTERSAU! Uns kriegt ihr nie!« Darunter ist noch ein Hakenkreuz gezeichnet.

Als ich mich umdrehe, seh ich vier Typen, die aus einem VW steigen und auf uns zustürmen. Verdammt!

Sascha gibt dem Verfassungsschützer, der sich gerade auf Tobias stürzt, einen Schlag ins Kreuz. Ich werfe mich unter den Lastwagen, rolle darunter durch und renn auf der anderen Seite los, hetz um das Supermarktgebäude.

»Bleib stehen!«, schreit mir einer der Verfassungsschützer hinterher. Ich laufe und laufe, seh Mark, der gerade vom Dach herunterklettert. Wir schlagen uns gemeinsam in die dornigen Büsche, die den Lidl umgeben. Die Verfassungsschützer können wir in dem Gestrüpp abhängen. Wir klettern mit Räuberleiter über einen Zaun und finden uns in einem Garten wieder. Die Häuschen waren früher mal Datschen. Die Bewohner haben die Hütten umgebaut und leben jetzt da, weil sie die Miete in den Wohnblocks nicht mehr bezahlen können. Ein Hund schlägt an. Es ist eine riesige Töle, die kläffend durch die Dunkelheit auf uns zuläuft. Wegzurennen wär zwecklos.

»Verdammte Scheiße!«, sagt Mark. Er stellt sich dem Hund entgegen, der sich wie ein schwarzer Schatten nähert. Kurz bevor er uns erreicht, sehe ich Marks Messer aufblitzen. Der Hund kennt die Gefahr nicht. Er springt Mark an, der ihm die Klinge ins Gesicht sticht. Der Hund beißt trotzdem zu, beißt sich in Marks linkem Arm fest.

Mark sticht noch einmal zu und noch mal, bis der Hund jaulend aufgibt und umkippt. Die Töle jault.

»Was ist da los?«, ruft eine Stimme.

Das muss der Datschenbesitzer sein.

Mark tritt noch mal auf den leblosen schwarzen Körper, über dessen Fell sich das Rot ergießt. In der Dunkelheit sieht es blauschwarz aus. Zäpfchen und Stäbchen. Wer ist noch mal fürs Farbensehen im Auge zuständig? Blau ist eine Mischung aus Magenta und Cyan. Kalt, Kobaltblau, Taubengrau, Himmelblau, Nachtblau. Die Illusion von Farbe. Rot ist nachts blauschwarz. Der Hund hat keinen Namen. Blau ist die Farbe der Treue.

Ich stütze Mark. Zwei Gärten weiter gelangen wir auf eine schmale Straße, die mitten durch die Siedlung führt.

»Hat er dich stark verletzt?«

»Glaub nicht«, sagt Mark. »War nur der erste Schreck, den mir das Mistvieh eingejagt hat.« Er zeigt mir seinen Arm im Licht der Straßenlaterne. Tatsächlich hat der Hund nur die Jacke zerfetzt, aber an der Hand hat Mark einen leichten Schnitt, weil er im Eifer des Gefechts kurz mit dem Messer abgerutscht ist.

»Noch mal Glück gehabt«, sag ich.

»Was ist mit den andern?«, will er wissen.

Wir rufen Sascha an, dann versuchen wir es auf Tobias' Handy. Der geht ran und teilt uns mit, dass alles okay ist. Sascha hat zwei Verfassungsschützer ausgeknockt. »Die stehen sicher so schnell nicht mehr auf.«

»Und wo ist er?«

»Weiß nicht«, sagt Tobias. Er schlägt vor, sich im Quartier zu treffen.

Als wir dort ankommen, ist nur Marga da.

»Du hier? Ich dachte, du arbeitest heute Abend«, sagt Mark leicht vorwurfsvoll.

»Und ich dachte, ihr würdet heute Abend dem Verfassungsschutz eins auswischen.«

»Schon erledigt.«

»Was ist denn mit deiner Jacke?«

»Eine Töle.«

Tobias klingelt und kurz darauf kommt Sascha. Er hat eine Flasche Cognac dabei und ein Grinsen im Gesicht: »Das muss gefeiert werden. Die haben wir fertiggemacht, diese schlappen Nudeln. Der Stasi wäre das nicht passiert.« Sein Blick schwenkt zu Marga hinüber, die an der Tür zur Küche steht. »Was machst du eigentlich hier?«

»Hab mich auch schon gewundert«, sagt Mark.

»Das geht euch nichts an«, sagt Marga genervt.

»Okay. Dann kannst du dich zumindest nützlich machen und ein paar Gläser besorgen«, meint ihr Bruder.

»Muss das sein?«

»Sollen wir das Zeug etwa aus der Flasche saufen? Jetzt sei nicht so zickig, lass uns feiern.«

Sie gehorcht lieber und geht in die Küche.

»Was arbeitet sie eigentlich?«, frage ich Sascha.

»Frag sie selbst.«

Wir laden die Daten vom Handy und von den Kameras auf den Rechner. Zwei Fotos von dem Verfassungsschützer sind brauchbar.

»Jetzt müssen wir sein Bild nur noch ins Netz stellen und die Sau muss sich einen anderen Job suchen.« Sascha klickt sich auf die Seite www.patriotenfront.de.

»Da platzieren wir immer die Bilder der Schweine«, erklärt mir Tobias, der auf ein Taschentuch spuckt und sich die rote Schrift vom Schädel reibt.

»Besser geht es nicht«, sagt Sascha. »Das Gesicht von dem Typen kennt jetzt jeder in der Szene, der kann keinen mehr für seine Zwecke missbrauchen. Selbst bei den Zecken kann er keinen mehr als Spitzel abgreifen.«

»Sehen sich die Zecken eure Seite an?«

»Na klar. Wir gucken ja auch, wen die abgelichtet haben. Das heute ist ein besonderer Fang, denn er hat es auch schon bei Marius versucht.«

»Wer ist Marius?«, möchte ich wissen.

»Gestorben. Und dieses Schwein hat ihn auf dem Gewissen.« Sascha schreit das Konterfei auf dem Bildschirm an: »Ab, ab in die Schreibstube. Deine Fresse ist tot! Du Wichser!«

Marga bringt die Cognacschwenker auf einem Tablett: »Komm, beruhig dich, Brüderchen. Hier kommt was Edles.« Sie stellt das Tablett auf den Couchtisch und hockt sich selbst in den Sessel. Dabei schlägt sie die Beine übereinander. Braune, glatte Haut, der Rock macht ein leises prickelndes Geräusch dabei.

Wir stoßen an und feiern.

Ich steh mit meinem Glas am Fenster, schwenke den Cognac und nippe wieder. Ein Bus mit Touristen hält an der Shell. »Die wollen alle zum Musical.«

»Neger-Musical«, sagt Sascha. »Was für ein verdorbener Mist. Schlechte Musik und Zottelmähnen.«

»Nicht zu vergessen der Schwarze, der singt«, ergänze ich.

»Bimbo, heißt das!«, ruft Tobias zu mir rüber. »Bimbo. Das steht doch groß auf deinem Sandsack. Oder etwa nicht?«

Ich nicke.

Tobias legt seine Füße auf die Couch. Die Glatze steht ihm nicht. Sein ohnehin schon bulliges Gesicht sieht so noch massiger aus. Er liegt da wie ein Metzger mit Cognacschwenker in der Hand.

»Sollen die da im Bus sich doch alle das Hirn raussingen lassen«, sagt Sascha. »Wir feiern.«

Ich bin nicht müde, obwohl der Tag heftig war. So viel hab ich noch nie erlebt. Das ist Leben. Ich sehe noch das Gesicht von dem Vietnamesen vor mir. Der hatte Angst.

»Glaubst du, der Vietnamese bleibt? Oder packt der seine Sachen?«, frag ich.

»Hoffentlich nicht«, sagt Tobias. »So Typen brauchen wir hier. Wen willst du denn sonst verkloppen. Die Zecken? Die halten nicht viel aus. So ein Schlitzauge ist zäh. Da hat man lange Freude dran.«

Marga schaut zu mir rüber und geht in die Küche. War dieser Blick gerade eine Aufforderung? Schöne Frauen reden nicht viel. Soll ich ihr folgen? Zu spät. Sie kehrt schon mit gesalzenen Gurken zurück.

Wir reden über den Preußenweg bei H. Das Dorf H liegt in der Nähe von M. Marga hockt sich neben Tobias aufs Sofa, der dafür seine Beine einziehen muss. Sie sieht mich an und flippt ihr Haar.

»Die *Wächter des Bodens* sorgen für die Pflege der Denkmäler von Kaiser Friedrich«, erklärt Sascha, der mir erzählt, dass er Großes mit mir vorhabe: »Großes.«

Der Cognac ist alle, wir wechseln zu Wodka.

Marga steht auf und setzt sich an den Rechner. Ihr Rock wippt bei jeder Bewegung wie eine Einladung. Ihr Bruder befiehlt, sie solle Musik auflegen, was sie ohnehin wollte, wie sie ihm schnippisch sagt. Die beiden sind wie Katz und Maus. Sie fährt den Rechner hoch. Dröhnende Musik kommt aus den Boxen, als würde gerade das Papamobil samt Papst zerschreddert.

»Los! Steh auf!«, befiehlt mir Tobias und zerrt mich aus dem Sessel.

Wir schieben mit den andern die Möbel an die Wände und singen mit: »Schmeißt die Maden raus, schmeißt sie raus aus unserm Haus. Holt den Madentöter her, sonst werden diese Viecher mehr und mehr und mehr …«

Ich kenne den Text, hab ihn schon mal in der Schule gehört. Wir haben rechte Musik in Ethik gemacht, Gruppen wie *Kahlschlag, Rechtsruck* und *Sturmwehr.* Einige von uns durften sogar die Musik mitbringen, die sie immer zu Hause hören. Ich kannte die meisten Songs vorher nicht. Wir lassen die Wodkaflasche rumgehen. Marga trinkt nicht, sie tanzt. Sie grölt die Texte nicht mit, aber sie tanzt. Frauen tanzen lieber als Männer. Sie reicht mir die Hand. Ich tanze auch und Tobias, Sascha und Mark folgen. Wir grölen, springen, tanzen. Tobias boxt mir in den Magen. Zwerchfell. Es brennt. Ich bekomme kaum Luft, schlage zurück. Pogo. Tobias wird auch von Mark geschlagen, schlägt zurück, Sascha springt ihm in die Seite. Wir tanzen. Marga lacht mit uns. Meine Schulter schmerzt. Sascha hat fest zugeschlagen. Tanzen tut gut. An nichts denken. Die ganze Scheiße kommt aus dem Hirn. Es ist, als ob du dir den Kopf mal richtig durchblasen lässt.

»Hey!«, schreit Marga. »Ruhe!«

Sie geht zum PC und macht die Musik aus. Sascha meckert sie an: »Was soll das?«

Dann hören wir alle, wie jemand oben auf den Boden stampft und »Ruhe!« schreit. Dabei ist es gerade erst kurz nach elf.

»Sollen wir den besuchen?«, fragt Mark. »Schlimmer als der Köter kann er auch nicht sein.«

Sascha winkt ab. »Bringt nichts. Willst du wegen so einem Spießer die Polizei hierhaben. Lohnt nicht.« Und als sei plötzlich Schichtende, sagt er ruhig: »Wir sollten für heute ohnehin Schluss machen.«

Ich weiß nicht, ob Sascha das ernst meint.

»Aber wieso?«, fragt Marga.

»Darum«, sagt Sascha. »Weil ich es sage.«

Mark und Tobias nicken. Sie wirken auf einen Schlag müde, als hätte sie jemand vom Strom genommen.

Fünf Minuten später stehe ich auf dem Gehsteig. Es ist stockfinster. Soll ich nach Hause gehen? Ich fühle mich noch so wach. In meinen Taschen ist kein Geld und meine Eltern erwarten mich sicher mit Vorwürfen. Ich setze mich auf eine der Bänke vor dem Haus. Schräg gegenüber auf der andern Straßenseite steht ein abgewrackter Pavillon zwischen zwei Plattenbauten. Da war früher sicher ein Kiosk drin. Jetzt ist die Bude zugenagelt. Aber irgendwer muss da drin sein, denn ein magerer Lichtschein dringt durch die Bretter. Vor jedem zweiten Hauseingang steht eine lackierte Bank mit Lehne. Der Lack riecht nicht, er blättert. Malerarbeit. Das Gesicht von meinem Vater in der

Dunkelheit. Sein Gesicht ist ein Stempel, den er mir aufgedrückt hat. Du kommst niemals aus deinen Genen raus. Irgendwann sieht jeder Sohn aus wie sein Vater, jede Tochter wie ihre Mutter. Fett oder mager. Du weißt, wie du endest. In den Lack der Bank sind Totenköpfe und Herzen geritzt. Es gibt Stunden zwischen Sonnenuntergang und -aufgang, die sind so schwarz, die verschlucken alles. Es ist, als ob da nichts ist außerhalb von dir, als wärst du allein auf dieser Welt, die sich durchs All dreht. Kein Ding berührt das andere in der Dunkelheit. Kein Mensch sieht einen Menschen. Ich frage mich, ob sich Marga wirklich gut bei meinen Kameraden fühlt. Sie ist eigentlich zu schade für Tobias und Mark. Ich mag die beiden zwar, weil sie ehrlich sind und aufrecht, aber sie sind grob wie Holzfäller. Falls sie etwas am Herzen oder an der Seele hat, wer soll das dann reparieren? Ich glaube nicht, dass sich Sascha oder die andern wirklich für Marga interessieren. Die nehmen sie einfach hin oder benutzen sie. Hat sie eigentlich keine Freundinnen, mit denen sie die Abende verbringt, die ihr sagen, wo es langgeht? Oder kommt sie sonst gar nicht so häufig in das Quartier? Ist sie nur wegen mir da? Was für ein Quatsch! Was bilde ich mir da ein? Der silberne Ring an ihrem Bauchnabel. Ich habe ihn heute nicht gesehen. Die Bluse war zu lang.

Das Licht in der Wohnung geht aus. Sascha, Mark und Tobias kommen raus. Mark scheint angeschlagen vom Alkohol, die andern beiden gehen gerade und normal, als hätten sie nichts getrunken. Marga muss noch oben sein. Sicher steht sie in der Küche und spült. Sie ist fleißig. Die drei gehen in der Dunkelheit an mir vorbei wie Schatten aus der Unterwelt, sehen mich nicht und reden von Abkassieren. Was meinen sie damit? Abkassieren? Ich folge ihnen heimlich. Sie steigen an der Ecke in den Toyota und sind weg. Verdammt. Ich hätte Sascha ansprechen sollen. Wen wollen sie abkassieren?

Ich gehe zurück. Die Haustür ist nicht richtig eingerastet. Ich drücke sie auf und steig in den Fahrstuhl. Marga muss noch im Quartier sein. Vielleicht ahnt sie, dass ich noch hier bin; vielleicht hofft sie, dass ich zurückkomme. Sascha hat gesagt, ich kann jederzeit wieder herkommen. Ich steh vor der Wohnungstür. Durch den Spion kann niemand gucken, ein Kaugummi klebt drüber – braun, alt und hart. Was mag sie wohl gerade machen? Ich versuche, mich an ihren Geruch zu erinnern. Aber es stinkt bestialisch im Hausflur, als hätte jemand in irgendeine Ecke gepisst. Männergeruch. Männer riechen wie Hunde. Parkhäuser. Die Treppenhäuser stinken wie Männer. Ich kann mich nicht mehr konzentrieren. Ich will klingeln, aber ich klingel nicht. Wahrscheinlich hält sie mich für aufdringlich, wenn ich jetzt einfach so vor der Tür steh. Was soll ich denn sagen, wenn sie öffnet?

Der Weg zurück durch die Haustür, durch die Dunkelheit und nach Hause erscheint mir endlos, weil es die falsche Richtung ist. Ich fahre die letzte Station mit dem Bus nach Hause. Ich will eigentlich zu Marga und schleiche mich leise in die Wohnung meiner Eltern und in mein Zimmer.

Der Sandsack hängt von der Decke. Ich habe ihn nicht aufgehängt, ich hatte ihn doch im Keller verstaut. Achtzehn-Loch-Springerstiefel – weiße Schnürsenkel – stehen direkt darunter wie unter einem Lot, das dir sagt, wie tief deine Seele ist. Ansonsten hat sich in meinem Zimmer nichts verändert. Gar nichts. Ich sehe auf den Sack. Bimbo. Ist das eigentlich eine Marke? So wie Puma oder Nike? Sicher nicht. Ich schlage ganz leicht auf das Leder ein. Es knirscht unter meinen Fäusten. Ich schlage fester, dresche, lasse meine Fäuste fliegen. »Bim-bo. Bim-bo«, sag ich. Der Sack schwingt hin und her wie der Schwengel einer Glocke. Früher haben die Russen Kinderschänder als Schwengel benutzt, um sie zu strafen. Damit jeder hört, wie einer in einer heiligen Glocke klingt, wenn er schwach im Fleisch geworden ist. »Bim-bo.« Meine Schläge werden fester. Meine Fäuste prasseln auf den Sack ein wie ein Hagelschauer. Hagelschäden. Hagel. Meine Fäuste sind meine Waffe. Wir müssen etwas ändern.

»Marvin?« Es ist die Stimme meiner Mutter. Sie ist aufgestanden. Ich zucke zusammen, als hätte ich etwas falsch gemacht. Ich habe nichts falsch gemacht.

»Kann ich reinkommen?«

Ich geb keine Antwort, sie tritt trotzdem ein.

»Was sagst du dazu?«

Ich schweige und schlage auf den Sack ein. Ich schwitze.

»Hat Papa aufgehängt«, sagt sie. »Er hat mir erzählt, dass er den Sack bis heute unten im Keller gelagert hatte. Er hat ihn wohl von einem Arbeitskollegen geschenkt bekommen. Papa meint, ein wenig Sport könnte dir nicht schaden.«

Ich bejahe. Sie sieht, dass ich schwitze, und streicht über meine Stirn, als würde sie bei ihrem Sohn Fieber fühlen.

»Wo sind die Stiefel?«, fragt sie.

»Warum?«

»Weil Papa glaubt, du hast Freunde gefunden. Da brauchst du die Stiefel. Mir gefallen sie nicht.«

Ich schlag weiter auf den Sandsack ein, obwohl meine Arme mittlerweile schwer geworden sind. Eigentlich will ich aufhören, aber es geht nicht. Meine Arme folgen meinen Fäusten. Wenn ich jetzt aufhöre, wird sie weiter mit mir reden, aber es gibt nichts zu reden, nur Lügen.

»Ich gehe dann wieder schlafen«, sagt meine Mutter.

»Geh schlafen.«

»Morgen ist Schule«, sagt sie.

»Jeden Wochentag haben wir Schule. Da muss ich hin. Das ist ein Gesetz«, sag ich zynisch.

»Du weißt, was ich meine.«

Ich hör auf zu boxen und schiebe die Tür hinter ihr zu. »Gute Nacht, Mama. Die Stiefel passen mir, keine Sorge. Kannst Papa ausrichten, dass ich mich sehr bedanke für seinen Einsatz für die Sache.«

Die Tür fällt ins Schloss. Der Ring an der Decke. Der Sandsack hängt dran wie ein Talisman. Es ist warm, ich schwitze wie ein Sportler in der Mittagshitze. Dabei ist es Nacht, mitten in der Nacht. Die Lichter sind aus.

Mein Vater findet es gut, was ich tue. Er ist zu alt, um noch mitmischen zu können. Sonst bekäme er ohnehin Stress mit Mama. Sie kapiert nicht, worum es bei der Bewegung geht. Mütter wollen immer, dass der Familie kein Schaden zugefügt wird; sie sehen nicht das Ziel in der Ferne; sie wollen den direkten Schaden abwenden. Frauen denken anders. Sie finden sich in jedem System besser zurecht als Männer. Sie ändern nie das System, sondern suchen ihren Platz drin. Das ist nicht meine Aufgabe als Mann. Als die Männer das Kugelstoßen erfunden hatten, da haben es ihnen die Frauen irgendwann gleichgetan. Als die Männer den Fußball erfunden hatten, haben sie ebenfalls nachgezogen. Als die Männer mit Gewehren geschossen haben, haben Frauen auch auf ein Ziel angelegt. Aber sie werden nie selbst eine neue Disziplin erfinden. Das ist ihr Schicksal, und es ist gut so, denn das ist ihre wahre Disziplin – der Erhalt. Unsere Aufgabe ist die Veränderung.

Ich balle die Fäuste und schlag wieder zu, bis ich schwitze. Ich will schwitzen. Mein Vater hält zu mir, egal was ist. »Bim-bo! Bim-bo!« Und wir tanken unsere Wagen mit Sicherheit, damit uns nichts geschieht. Auf dem Tankdeckel steht Allianz. Das hält zusammen und gibt dir Sicherheit. Der Deutsche spürt nur auf dem Weg zum Grab seine Freiheit. Wir sind nicht frei, wir sind ein Volk. Und diese Fressen an den Fenstern des Busses, die gehören nicht dazu. So viele Tote hinter Glas, das hat unser Land nicht verdient.

Es ist sinnlos, über Gerechtigkeit nachzudenken. Dieses System ist ungerecht. Die einen schuften ihr ganzes Leben und die andern erben Geld von ihren Eltern. Das ist keine Gerechtigkeit, das hat nur was damit zu tun, wer deine Eltern sind. Der Sozialismus macht uns gleich und der Nationalsozialismus wird dem ganzen Volk die gleiche Chance geben. Ich schwitze, aber es ist sinnlos, auf einen Sandsack einzuschlagen, wenn du dabei keinen treffen kannst, weil es niemanden trifft, dem es wehtut. Rindsleder. Dieser Sack wird nie explodieren. Nie.

Ich ziehe die Springerstiefel an. Mein Atem ist schwer und fest. Sie passen wie angegossen. Sicher würde mir jede Größe passen. Die Schnürsenkel sind weiß, weiß ist die Farbe für uns Deutsche, für die Reinheit, für die weiße Hautfarbe; ich fädele die Schnürsenkel ein, zieh sie fest und führe sie über meinem Knöchel einmal um mein Bein, zieh sie noch fester und mache die Schleife. Deutsche Bindung.

Ich werf mich aufs Bett.

Wo hat Vater die Stiefel her? Sie sind gebraucht. Fest geschnürte Stiefel. Graf von Stauffenberg soll seine Stiefel stets fest geschnürt haben. Diese Verrätersau wollte den Führer töten. Aber er war zu feige, sich selbst mit dem Führer in die Luft zu sprengen. Jeder Djihad-Kämpfer hat mehr Courage als diese weichlichen Widerstandstypen. Das waren alles Versager, die wollten alles umsonst kriegen und nachher noch ihren Hals aus der Schlinge ziehen. Wir sind es, die sich für die Sache opfern, weil es Dinge gibt, die höher sind als dein eigenes kleines Leben. Aber diese Typen wie Stauffenberg haben nie an etwas geglaubt, nur an ihre eigene Macht und ihr Scheißerbe. Ich ziehe die Beine an und leg mich auf die Seite, werfe die Bettdecke über meine Beine. Ich denke an Marga. Es ist warm in den Stiefeln und ich bin müde.

7.

Wir fahren im Toyota und wollen das Preußendenkmal bei H aufsuchen. An diesen japanischen Autos arbeiten noch Angestellte, die sich keine Sorgen um ihren Arbeitsplatz machen müssen. Die haben Sicherheit und keine Angst im Tank, anders als bei VW oder Mercedes. Dort ist die Angst der Treibstoff für die Angestellten. Die Japaner gehen ihren Weg, wir gehen den Weg der Amerikaner. Die Unternehmer der Schlitzaugen wissen noch, was Treue und Loyalität gegenüber den Angestellten bedeutet. Die haben den Krieg genauso verloren wie wir. Aber nur wir bauen den Juden Denkmäler, die höher sind als der Schornstein von Buchenwald. Die Japaner stehen zu dem, was sie früher getan haben.

Ich sitze zwischen Mark und Tobias auf der Rückbank. Mein Kopf ist schwer von schlechten Gedanken. Eben war ich in der Schule, weil Vater es so wollte. Er hat mich um sechs Uhr geweckt: »Warum liegst du noch im Bett? Du gehst zur ersten Stunde! Ist das klar?«

Ich hatte gedacht, er wäre in der Nacht daheim gewesen, als meine Mutter zu mir gekommen ist. War er aber nicht. Er hat mit seinem Freund Lutz die Nacht im Ochsen durchgesoffen. So stand er heute früh vor mir und roch aus dem Mund. Er stinkt fürchterlich, wenn er getrunken hat.

»Dank dir fürs Aufhängen«, sagte ich nur und schaute dabei auf den Sandsack. Am liebsten hätte ich mir wieder die Decke über den Kopf gezogen, denn das Gesicht meines Vaters war zornig, seine Zähne gelb und groß. Ich weiß nicht, warum er so schlecht gelaunt war. Er scheint manchmal zornig, weil er trinkt. Er trinkt sich dem Zorn entgegen, damit er etwas spürt. Dass dieses Leben noch nicht vorbei ist, dass da noch ein Tag kommt, der irgendwas Neues bringen könnte, der so aufregend ist, dass es sich zu leben lohnt. Aber in Wahrheit ist es für ihn vorbei. Er ist zu alt, um noch etwas zu ändern. Er ist ein Rentner ohne Recht auf Rente. Er ist zu alt, um jung zu sterben, und zu jung, um sich mit dem Alter abzufinden. Mein Vater spürt noch etwas, doch es versinkt langsam.

»Dafür musst du dich nicht bedanken. Ich bin dein Vater.« Dann drehte er sich blitzschnell um und schlug mit der Rechten gegen den Sandsack, als wäre er fünfundzwanzig und nicht besoffen. Mein Vater verträgt viel Alkohol und er hat ein mächtiges Pfund hinter jedem seiner Schläge. Er hat mal mit der Faust die Kleiderschranktür im Schlafzimmer durchgehauen. Seine Fingerknöchel bluteten. Damals lebte noch meine Schwester bei uns. Sie hat geschrien, als ob sie die Gläser zerspringen lassen wolle. Ich habe nur meine Schwester angesehen. Als ich schließlich zu meinem Vater schaute, hatte er Tränen in den Augen. Er hatte den Schlag gegen den Schrank nur getan, um nicht meine Mutter schlagen zu müssen, obwohl er stinkwütend auf sie war. Er schlägt keine Frau. Nie. Selbst wenn meine Mutter mich verteidigt und sich im Streit schützend vor mich stellt, schlägt er sie nicht, sondern nur mich. Wenn du auch nur einmal ein Mädchen schlägst, hat er mir stets gedroht, kriegst du es mit mir zu tun.

»Ich gehe nicht mehr zur Schule«, habe ich zu meinem Vater heute früh gesagt, als er schon fast wieder aus der Tür war. Da er nicht reagierte, sagte ich noch: »Ich habe keine Zeit mehr dafür.«

Da drehte er sich um, schritt auf mich zu und zog mir wütend die Bettdecke runter. Urplötzlich veränderte sich sein Gesichtsausdruck. Er lachte. Ich verstand nicht, warum. Erst als ich seinem Blick folgte, wurde mir bewusst: Ich lag mit den Springerstiefeln im Bett. Ich hatte vergessen, sie auszuziehen, so warm und gemütlich und sicher waren sie. Und ich legte wie aus einem Reflex wieder die Decke über mich.

Von einer auf die andere Sekunde versteinerte sich der Blick meines Vaters noch einmal. Wenn er besoffen ist, ist er einfach unberechenbar. »Du musst zur Schule«, sagte er. »Du musst noch ein bisschen deinen Grips anstrengen und Geld verdienen.«

»Nein«, sagte ich. Ich blieb hart, denn ich will nicht mehr hin. Es ergibt keinen Sinn. Es ist nicht meine Aufgabe, zur Schule zu gehen. Wenn es im Haus brennt, sollte man Wasser zum Löschen holen und nicht in die Schule gehen. Und Deutschland brennt. Es gibt so viele Zombies in meiner Schule, aber ich lebe, und ich will lebendig sein und mithelfen.

»Du gehst«, sagte er.

»Du hast mir doch immer gesagt, ich soll nach meinem Gewissen handeln, dann könne ich nachts ruhig schlafen.«

»Das habe ich gesagt?«

»Hast du.«

»Dann geh zur Schule, denn ich bin dein Gewissen«, sagte er.

Ich wollte Nein sagen und aufstehen. Dazu kam ich aber nicht mehr, denn er ließ sich rücklings auf mich fallen, als würde er sich vom Beckenrand ins Schwimmbecken plumpsen lassen. Er knallte ungebremst auf meinen Körper und zerquetschte mich unter sich, drehte sich zu mir um und hockte sich auf mich. Ich konnte mich unter der blöden Bettdecke nicht bewegen. Er hatte mich fest im Griff. Seine Worte stanken nach Alkohol. Sie waren wie Materie: »Du gehst, und wenn ich dich aus dem Bett in die Schule prügeln muss.«

Ich sagte nichts. Die Luft blieb mir weg, denn er saß mit seinem Hintern schwer auf meinem Bauch. Er nahm mein rechtes Ohr und drehte dran, weil er den Widerstand in meinen Augen gesehen haben musste. Ich bewegte meine Arme unter der Bettdecke nicht mehr. Es wäre ohnehin zwecklos gewesen. Er drehte fester, bis ich es vor Schmerz nicht mehr aushielt und schrie. Ich merkte, wie Blut aus mir floss. Die Haut hinter meinem Ohrläppchen musste gerissen sein. Das Blut kroch mir über den Nacken, feucht und warm wie eine Schnecke. Ich habe mal eine Schnecke auf meine Zunge gesetzt, als Mutprobe. Da war ich aber noch ein Kind. Mein Ohr schmerzte höllisch. Blut ist rot. Rot ist eine Signalfarbe. Rot. Du darfst nicht gehen. Scham. Liebe. Wenn dich einer liebt, wird er dir sein Herz schenken. Ich mag Rot und höre meinen Schrei wie ein Lied. Blut und Boden.

Eigentlich musste meine Mutter den Schrei heute früh auch gehört haben, aber sie kam nicht ins Zimmer. Sie machte in der Küche Frühstück. Die Eier sollen hart gekocht sein. Mein Vater will es mindestens sechs Minuten. Er duldet auch nicht, wenn ein anderer am Frühstückstisch ein weich gekochtes Ei isst. Das ekelt ihn. Deshalb müssen wir alle hart gekochte Eier essen. Meine Schwester hat ihm aus Wut über seine Marotten mal ein rohes Ei serviert. Als Strafe musste sie eine halbe Stunde Erbsenhocken machen. Das heißt, meine Mutter legte Erbsen auf den Boden und meine Schwester musste sich mit den Knien draufhocken. Mit mir hat er das nie gemacht, aber ich habe mich auch nie gegen ihn gewehrt. Es bringt nichts. Erbsen sind schlimm, aber Reis ist schlimmer. Und als Sohn hätte ich auf Reis knien müssen.

»Was soll das, Papa?«, fragte ich ihn.

»Glück«, sagte mein Vater. »Jeder ist seines Glückes Schmied.« Er sah mich aus gläsernen Augen an, als erwachte er aus seinem Rausch. Er nahm die Kette unter seinem Pullover hervor. Eine goldene Kette mit einem goldenen Würfel dran. Auf jeder Seite des Würfels sind sechs Punkte. Mit dem Ding kann man nur gewinnen. Mein Vater lächelte mich breit an, ließ das Kettchen herunterbaumeln, direkt über meinem Mund. Es berührte warm meine Lippen.

»Lass das«, sagte ich.

»Nein. Nimm es.«

Ich öffnete den Mund und biss auf den Würfel. Er nahm die Kette ab und schenkte sie mir. »Sie soll dir Glück bringen. Mir hat sie keins gebracht.«

»Weiß ich«, sagte ich.

Fünf Minuten später aßen wir aufgebackene Baguettebrötchen und hart gekochte Eier. Meine Mutter wischte mir das Blut hinter dem Ohr weg und klebte mir ein Pflaster auf die Wunde. Ich ging zur Schule, als sei nichts passiert. Es war gar nicht so übel in der Schule. Den Mathetest habe ich sicher gut bestanden.

»Hättest dich bei dem Vietnamesen gestern besser ein bisschen zurückgehalten«, spricht mich Sascha unvermittelt an. Er brettert dabei mit dem Toyota über die flache Landschaft wie die weiße Kugel beim Anstoß über den grünen Billardtisch. Kühe grasen, der Klatschmohn blüht und die weißen Wolken fliegen dicht über die Wiesen. Es ist ein wunderschöner Frühsommertag. Das Spiel kann beginnen.

»Was ist, Marvin? Schläfst du?«

»Das mit dem Vietnamesen tut mir leid«, entschuldige ich mich. »Meine Mutter hat schon immer gesagt, ich bin jähzornig. Wenn mir einer schadet, kann es passieren, dass ich mich nicht mehr unter Kontrolle habe.«

»Du musst lernen, dich zu kontrollieren, sonst schadest du der Sache.«

Es ist mir peinlich. Warum sagt er das ausgerechnet jetzt? Marga sitzt neben ihm vorn auf dem Beifahrersitz. Will er mich vor ihr blamieren? Ich kann ihr Gesicht nicht sehen. Was wird sie von mir halten, wenn er mich maßregelt?

»Ich hab es nicht absichtlich gemacht«, sag ich.

»Du musst dich nicht entschuldigen«, mischt Marga sich ein. »Du bist nicht schuld. Mein lieber Bruder hat dich in diese Scheißlage gebracht. Er kann so was gut und nachher beschwert er sich auch noch. Warum schickt er dich überhaupt mit einem Baseballschläger in den Grill? Wahrscheinlich brauchten sie einen für die Drecksarbeit.« Sie sagt es zu mir, aber sie will eigentlich Sascha mit ihren Worten beleidigen. So können nur Bruder und Schwester sich gegenseitig verletzen. Sicher hat sie ihm obendrein die Geburtstagsgeschenk-Aktion noch nicht vergessen und versucht, sich irgendwie zu rächen.

»Was ist denn mit dir?«, fährt Sascha sie an. »Sei froh, dass wir *dich* überhaupt mitnehmen.«

»Nimm sie nicht so ernst«, flüstert mir Mark ins Ohr.

»Warum wolltest du überhaupt heute unbedingt mit?«, ruft Tobias nach vorn. »Sonst findest du die Ausflüge doch auch öde.«

Sie antwortet nicht.

Am Ende der Birkenallee parken wir gleich am Ortseingang an einer Tankstelle. Die ist genauso verlassen wie das Haus daneben. Keine Hoffnung mehr in den Tanks, keine Zukunft mehr in den Häusern, aus den Schläuchen kommt nur noch Staub. H scheint vollkommen tot zu sein. Nur das Reiterdenkmal vom Alten Fritz mit seinem Hut steht wie aus dem Ei gepellt. Stolz sitzt der König hier am Ende der Welt auf seinem stolzen Pferd. Beide haben den Kopf erhoben, als würden sie paradieren. Anscheinend wird die Gedenktafel vor dem Reiterdenkmal stets geputzt und auch das überlebensgroße Denkmal selbst ist makellos. Der Toyota bietet Schatten. Aber wir treten aus dem Schatten ins gleißende Licht und sehen uns die Gedenktafel näher an. Ich lese:

In den weiten sandigen Gebieten im Südosten von H war in früheren Tagen ein Übungsgebiet der Infanterie. Damals wurde hier die Revue über die Regimenter abgehalten. Zu diesen Revuen kam stets zur Maienzeit der preußische König Friedrich II. (1712–1786). Der »Alte Fritz« trat den beschwerlichen Weg von Sanssouci früh im Morgengrauen an und gelangte erst am Nachmittag des folgenden Tages nach H. Seine Kutsche war mit zwölf Bauernpferden bespannt. Erst kurz vor H wechselte er auf seine stattlichen Schimmel. König Friedrich II. hat dem Ort dazu verholfen, für immer im Gedächtnis der Welt weiterzuleben. Wir sind dem Alten Fritz dankbar für seine Taten und leben mit Stolz in seinem Angedenken.

Wir bleiben im Halbkreis stehen.

»Davon brauchen wir mehr«, sagt Sascha und blickt auf das Denkmal. »Nach und nach werden wir hier alles wieder kultivieren.« Er tritt zu mir. »Wir dürfen nicht zu den gleichen Banausen werden wie die, die heute unser Land regieren. Die stellen nicht selbst Denkmäler auf, sondern lassen sich von den Juden und Amerikanern sagen, wo und wann sie welche aufzubauen haben.« Bei diesen Worten sieht er auf meine Springerstiefel. »Gefallen sie dir?«

Ich nicke.

»Haben wir Springerstiefel an?«

»Nein.«

»Und warum nicht?«

Ich weiß keine Antwort.

Er sagt zu mir: »Komm mal mit.«

Marga sieht zu mir rüber. Ich glaube, sie mag mich wirklich. Sie nickt mir aufmunternd zu, als wolle sie sagen: Geh ruhig mit meinem Bruder. Geh mit ihm. Dann legt sie ihr Haar zur Seite, das in der Sonne glänzt.

Ich gehe mit Sascha weg von der Gruppe in Richtung Tanke, während Tobias und Mark zu dem halb verfallenen Haus laufen. Was machen die da?

»Ich habe dich ins Herz geschlossen und das weißt du«, sagt Sascha. Wir setzen uns neben der Tanke auf die kniehohe Mauer, die den Tankstellenbereich vom angrenzenden Weizenfeld abtrennt, und sehen in die Ferne. »Du darfst dich nie wieder gehen lassen, Marvin. Hörst du. Du musst dich kontrollieren. Wenn ich sage, dass du Springerstiefel anziehen sollst, dann zieh sie an, aber nicht einfach so, sondern nur auf Befehl. Ist das klar?«

»Ja.«

»Sonst erkennt doch jeder sofort deine Gesinnung. Warum willst du das riskieren?«

Ich schweige und höre ihm weiter zu.

»Wenn eine Demo ist, stellen wir immer ein paar Kandidaten mit Springerstiefeln und Bomberjacke ab oder lassen sie in voller Montur marschieren, damit die Idioten vom Fernsehen was zum Abfilmen haben. Schließlich müssen wir ja Präsenz zeigen. In unseren normalen Klamotten erkennen uns die Blindfische von der Presse sonst nicht. Aber im Alltag sind wir inkognito. Überlass die Bomberjackenscheiße den Hooligans. Die sind höchstens als Bodentruppen zu gebrauchen, wir sind die Luftwaffe. Wir müssen den Überblick behalten und den Schlägern überlassen wir den Rest. Die können bei den Demos den dicken Herrmann markieren. Wir brauchen das nicht.«

»Natürlich nicht«, sag ich.

»Wir müssen diesen Staat bekämpfen. Deshalb ist auch keiner in der NPD, weil du nicht gegen den Staat kämpfen kannst, wenn du dich in sein Parlament wählen lässt. Außer du bist die einzige Partei dort. Die Gegner werfen uns Nationalsozialisten vor, dass wir intolerante, unverträgliche Menschen sind. Wir wollen, sagen sie, mit anderen Parteien nicht arbeiten. Das ist auch so. Denn Kompromisse sind immer der Anfang vom Untergang. Wir dürfen keine Zeit verlieren mit Kompromissen. Oder?« Er sieht mich eindringlich an und schüttelt selbst langsam den Kopf.

Ich schüttel ebenfalls den Kopf. »Nein«, sag ich.

»Also lern, dich unterzuordnen. Mitglieder der Rotte müssen die Reihen hinter dem Rottenführer fest schließen, um das Ziel erreichen zu können. Ordnung ist das höchste Prinzip. Beherrschung müssen sie lernen, hat der Führer gesagt. Sie sollen in den schwierigsten Proben die Todesfurcht besiegen lernen. Verstehst du das?«

Ich bejahe, aber er redet weiter. Er redet wie ein Mensch, der an seine Worte glaubt: »Wir machen uns die Verzweiflung der Menschen nicht zunutze, wir geben keine Zuversichten am Kühlregal aus, sondern wir werden die Supermärkte einreißen, um unsere …«

Ein lauter Pfiff durchschneidet die Luft. Das Zirpen der Grillen scheint für einen Moment unterbrochen. Tobias und Mark sind aus dem Haus zurück. Sie haben einen Eimer Wasser organisiert. Offensichtlich wohnt noch jemand in dem Gebäude, dessen Dach schon dick bemoost ist.

»Lass uns zu ihnen gehen«, sagt Sascha gutmütig und nimmt mich in den Arm.

Kaum dass wir die drei erreicht haben, drückt mir Mark einen Lappen in die Hand und Sascha sieht mich auffordernd an: »Wir bewahren die Geschichte und pflegen die Dinge, die uns wichtig sind.«

Ich nicke und tunke den Lappen in den Eimer, dann beginne ich mit dem Putzen der Gedenktafel. Die drei sehen mir zu. Sascha erklärt, dass wir uns Ende Mai – »am 21., um genau zu sein« – hier mit den Kameraden aus der ganzen Republik treffen werden, »wenn sich die Revue der Infanterie wieder jährt. Dann muss hier alles blitzblank sein. Da werden hier nicht nur die Wiesen grün sein, sondern auch die Uniformen der Polizei, die in Hundertschaften unsere Gesinnung zu unterdrücken versuchen. Aber wir lassen uns nicht unterdrücken. Wir ehren unsere Geschichte und treten sie nicht mit Füßen, wie diese korrupten Politiker in Berlin.«

Ich bin mit der Tafel fertig.

»Hier fahrt ihr also immer hin zum Putzen«, sagt Marga in abschätzigem Ton und blickt angewidert auf das Reiterdenkmal, als müsste sie gleich den Stall ausmisten.

»Ja«, meint Tobias, der sich jetzt den Eimer greift und ihn mir hinhält. »Spannend ist das nicht gerade. Es hat mit Achtung vor den Dingen zu tun und das soll unser neuer Kamerad auch lernen.«

Ich tunke den Lappen ins Wasser, wringe ihn aus und lege ihn dann gefaltet auf den Rand des Eimers.

Sascha sieht mich lobend, dann seine Schwester vernichtend an: »Mein Schwesterchen will mich provozieren.«

»Ihr seid Spinner«, sagt sie. »Prügelt euch mit irgendwelchen Zecken oder brennt Asylantenheime nieder. Und wofür? Damit Typen wie dieser Versager« – sie blickt zum Haus, wo gerade ein bärtiger Mann am Fenster auftaucht – »euch bewundern.«

»Halt die Klappe«, sagt Sascha schneidend, und: »Wer kämpft, kann verlieren. Das wissen wir. Aber wer nicht kämpft, der hat schon verloren.« So wütend habe ich ihn bislang nicht gesehen. Er erhebt dabei allerdings nicht seine Stimme, der Ton wird einfach nur schärfer. Mein Vater hätte längst geschrien. Sascha nicht. Er besitzt Haltung.

»Gefällt dir das hier etwa?«, spricht Marga mich direkt an. Was soll ich ihr antworten?

Ehe noch ein Wort fällt, stellt sich Sascha zwischen uns und sagt zu Tobias: »Bring endlich den schweren Eiseneimer zurück. Sonst kriegst du davon noch Arme wie ein Affe und wir müssen den Tierschutz rufen.«

Wir lachen. Der Witz ist alt, aber wir brauchen das befreiende Lachen wie der Ertrinkende Sauerstoff.

Marga verzieht keine Miene.

Ich gehe noch mal zur Tanke und nehme den Zapfhahn aus der Verankerung. Aus dem Hahn kommt wirklich nichts mehr raus, nicht mal mehr Staub. Jahrelang haben die Leute hier ihr Stück Freiheit getankt, nun ist alles kaputt. Ob es hier auch mal so eine Kneipe wie den Blauen Ochsen gab? Ich denke an den Ring an der Decke meines Zimmers, an dem jetzt der Sandsack baumelt. Mein Vater ist stolz auf mich. Einzig mit der Lehre werden wir uns wohl nicht einig werden. Ich werde keinen Pinsel in die Hand nehmen, das muss er begreifen. Aber er hat stets drauf geachtet, dass man mit den Dingen gut umgeht und sie pflegt. Er wäre stolz auf mich, wenn er gesehen hätte, wie ich eben die Tafel geputzt hab.

»Was machst du da?«, ruft mir Sascha zu. »Komm, wir müssen weiter!«

Ich bleibe noch einen Moment. *Dresser & Wayne* steht auf der Zapfsäule. So heißt wohl die Firma, die die Säulen herstellt. Klingt amerikanisch. Die Amerikaner kriegen ihr Öl von den Saudis und bauen Zapfsäulen. Die Saudis sind zu blöde, es selbst aus dem Boden zu fördern. Die brauchen dafür deutsche Ingenieure und amerikanische Bohrmaschinen. Diese Araber haben nicht mal eine eigene Automarke, vermutlich können die nicht mal Klopapier herstellen. Das muss eine ständige Demütigung für diese Arabertypen sein. Deshalb sind die auch immer so nervös und aggressiv, weil sie ständig in ihrem Stolz gekränkt sind. Aber was können wir dafür, wenn das Versager sind? Das einzig Gute ist ihr Hass auf die Juden. Ich stecke den Zapfhahn wieder zurück. Ist Öl dunkelbraun oder schwarz? Schwarze Milch. Ich habe noch nie Rohöl gesehen. Wir trinken dich morgens, wir trinken dich abends. Dieses schwarze Zeug ist so was wie das tägliche Brot. So eine tote Tanke ist schon merkwürdig. Ob die Juden in Israel auch Öl haben? Die Araber haben doch alle Quellen. Und Israel liegt gleich um die Ecke. Die Hisbollah erledigt die Juden. Die machen unsere Arbeit. Arbeitsteilung. Hitler hat sie in die Wüste getrieben und da macht die Hisbollah sie jetzt platt.

»Komm endlich!« Sascha klingt leicht sauer. Er steigt in den Wagen. Ich reagiere nicht. Die andern steigen auch ein. Als ich immer noch an der Zapfsäule warte, steigt Sascha wieder aus und kommt auf mich zu. Er ist ein Berg Muskeln, kein Gramm Fett. Er wird sicher zwanzig Kilo mehr wiegen als ich. Seine Bizepse sind rund, seine Unterarme muskulös.

»Was ist jetzt? Ich habe dir doch eben erst erklärt, warum du dich unterordnen sollst. Oder willst du hierbleiben und noch das Pferd vom Alten Fritz striegeln?«

»Nein«, sag ich. »Ich bin froh, dass ich bei euch sein kann.«

Er nimmt mich in den Arm. »Das verstehe ich. Ich hatte das gleiche Gefühl, als ich zum ersten Mal mit der Bewegung zu tun hatte …«

8.

Wir fahren weiter zum Dorfkrug von H, wo der Alte Fritz genächtigt hat. Danach geht es die Kopfsteinpflasterstrecke hoch, die alte Heerstraße hinüber zum Exerzierplatz, wo heute eine Rundhütte auf der Wiese steht.

»Da ist unser Landquartier, wenn wir mal feiern.« Sascha zückt den Schlüssel, doch das Vorhängeschloss ist aufgebrochen. »Zecken«, sagt er.

In der Hütte zittern die Neonlampen an. Tatsächlich. Zecken haben Sprüche auf die Wände gekritzelt: *Faschisten raus!, Scheiß Nazis!* Oder *Die absolute Härte sind Oberlippenbärte.* Und *Stalingrad war wunderbar, Nazi-Opa blieb gleich da.* Oder *Der Führer war ein armes Schwein, er hatte keinen Führerschein!* Obendrein sind durchgestrichene Hakenkreuze aufgesprüht und *Fick Standarte Hässlich!*

Sascha zieht mit einem Ruck die Tür hinter sich zu. »Maurer! Dieses Schwein! Den mach ich platt!«

»Die Sau hätte ich bei der letzten Demo einfach schlachten sollen«, sagt Tobias, und Mark meint: »Ich bin dabei.«

»Gar nichts macht ihr«, meint Sascha.

»Aber …«

»Aber nichts, Mark. Wir haben Wichtigeres zu erledigen. Emotionen, ungeplantes Handeln oder aus Rache handeln sind schädlich. Denk dran, warum dein Bruder Kevin noch zwei Jahre im Knast sitzen muss.«

»Na, da guckst du, Marvin«, wirft Marga ein. Sie steht mir direkt gegenüber. »So ganz sorgenfrei ist das also nicht mit eurem Verein hier. Da bleibt auch mal der eine oder andere auf der Strecke oder landet im Knast.«

»Im Kampf muss man Opfer bringen«, sagt Mark.

»Und was nutzt das deinem Bruder? Hast du darüber mal nachgedacht? ... Die arme Sau sitzt im Panther ein und hat sein Leben zerstört. Wenn der wieder rauskommt, bekommt er nie mehr einen Job.«

»Dafür sind die Asylanten weg.«

»Und er sitzt im Knast.«

»Was soll das? Willst du nur rumstänkern?«, schreit Mark sie an. »Dieses Scheißasylantenpack! Kevin hat genau das Richtige getan!«

»Im Asylantenheim hatte wenigstens der Pförtner noch Arbeit.« Marga lässt nicht locker. Sie scheint es auf einen Kampf mit Mark, aber auch gleichzeitig mit ihrem Bruder abgesehen zu haben, denn den sieht sie ständig schräg von der Seite an, als warte sie nur auf eine Reaktion. Da er aber nichts sagt, fragt sie Mark wieder: »Was hat Kevin davon?« Ihre Brauen scheinen sich zu einem einzigen dichten Strich zusammenzuziehen. Die Stimmung wird immer hitziger.

»Wenn Marks Bruder auf mich gehört hätte, hätte er bis um zwei Uhr nachts gewartet, wie wir es vereinbart hatten«, sagt Sascha überraschend ruhig. »Er war disziplinlos, aber er hat keinen von uns verraten. Das können wir unserem Kameraden Kevin gar nicht hoch genug anrechnen.«

Ich frage Sascha, ob es um den Überfall auf das Asylantenheim bei B vor etwa zwei Jahren geht.

Er bejaht. Marks Bruder Marlon sei früher Kamerad unserer Standarte gewesen. Sie hätten tagelang das Asylantenheim ausgekundschaftet. Schließlich habe man wissen müssen, wann der Pförtner Dienstschluss macht. Dann seien sie nachts in zwei Dreiergruppen Punkt 0.30 Uhr zum Heim gefahren, seien hineinmarschiert und hätten sich jeweils zu dritt Wohnung für Wohnung, Stockwerk für Stockwerk, Familie für Familie vorgenommen – »immer zwei von uns rein in jede einzelne Bude und haben den Mann der Familie vertrimmt. Der Dritte hat an der Tür aufgepasst, dass keiner von den Kanaken abhauen kann.«

»Schließlich kamen die Bullen«, sagt Mark. Er scheint jetzt noch aufgeregt, spielt nervös am Lippenpiercing wie ein Dackel, der an der Leine zerrt.

»Bis auf mich haben sie alle gekriegt. Ich hatte Glück im Unglück, weil ich mir am Tag zuvor das Bein verrenkt habe und deshalb nicht mitkonnte«, sagt Sascha. »Die Polizei kam gleich mit einer ganzen Kohorte Einsatzfahrzeuge – als hätten die Bullen schon im Nachbarort auf uns gewartet. Ich habe sie von Weitem gesehen beim Schmierestehen. Aber ich konnte nichts mehr machen. Die kamen so schnell, als hätten sie es geahnt.«

»Haben sie vielleicht auch«, mutmaßt Marga.

»Wie kommst du darauf?«

»Weil ihr doch eigentlich erst um zwei Uhr nachts reinwolltet, Marks Bruder aber schon um halb eins einfach ins Asylantenheim gegangen ist, statt noch ein bisschen abzuwarten. Vielleicht wollte euch die Polizei vorher dort abpassen und war gerade gekommen, um sich in die Büsche zu schlagen und sich im Haus zu verteilen, wo sie dann auf euch gelauert hätten. Aber ihr habt einfach schon früher losgeschlagen.«

Sascha winkt ab. »Dann müssten sie ja einen Tipp bekommen haben.«

»Stimmt«, sagt Marga. »Irgendeine undichte Stelle in deinem perfekten System.«

»Warum hast du das vorher nie gesagt?«, meint Sascha.

»Weil ich eine Frau bin und du bist perfekt, Brüderchen.«

»Sehr witzig.«

Dann meint Mark zu Sascha: »Warum rufst du meinen Bruder eigentlich nie an?« Das Neonlicht flackert stärker, als wolle es sich der Stimmung in der Hütte anpassen. Alle scheinen gereizt. Unzufriedenheit liegt in der Luft. Dabei wollten wir nur einen Ausflug machen.

»Ich kann keinen Kontakt mit ihm aufnehmen, ich muss sauber bleiben. Verstehst du?«

»Das versteh ich, aber für meinen Bruder ist das ganz schön scheiße, so allein im Knast.«

»Es ist gut für die Sache, also kann es für ihn nicht schlecht sein. Ist das klar, Kamerad?«

Mark nickt eingeschüchtert und schweigt.

»Hat dein Bruder damals einem andern etwas von unserem Plan erzählt?«, will Sascha wissen.

Mark zuckt mit den Schultern. »Woher soll ich das wissen? Vielleicht hast *du* ja« – er schaut dabei Sascha an – »jemandem etwas gesagt?«

»Hast du sie nicht mehr alle? Ich bin doch nicht bescheuert.«

»Glaubst du, mein Bruder ist bescheuert?«

»Möglich, dass ein Nachbar etwas gehört hat«, meint Tobias. »Und der hat sofort die Polizei gerufen. Die sind bei so einer Sache blitzschnell vor Ort.«

»Gleich mit zwölf Einsatzfahrzeugen?«, fragt Mark.

»Oder es gab einen Einsatz in der Nähe, und deshalb waren sie alle sofort zur Stelle, als ihr beim Asylantenheim losgelegt habt«, spekuliert Tobias weiter, der den aufkeimenden Streit schon im Vorfeld schlichten möchte.

»Mitten in der Pampa?«, fragt Marga skeptisch, als wolle sie die Diskussion weiter anheizen. »Was haben die Einsatzfahrzeuge denn dort gewollt? Das glaube ich nicht. Die waren eindeutig wegen euch da.«

Ich räuspere mich und sage: »Kein Stress. Beruhigt euch.«

Sascha sieht mich erstaunt an, dann nimmt er mich in den Arm. »Der Kamerad hat recht. Wir werden das hier und heute ohnehin nicht klären.« Er drückt die Tür auf. Das grelle Tageslicht blendet, aber es ist wie eine Erlösung.

Die Sonne brennt auf die Felder nieder. Das Klima ändert sich. Es wird immer heißer auf der Erde, aber niemand tut was, niemand. Die können den Regenwald in Brasilien abholzen oder die letzten Orang-Utans auf Borneo abschlachten, niemand kümmert sich drum, weil alle nur diskutieren. Demokratie ist scheiße. Alles Schwätzer. Warum nutzen wir nicht die Macht, die wir haben? Warum befehlen wir nicht der brasilianischen Regierung, mit dem Roden des Regenwaldes aufzuhören? Warum retten die Amis nicht die Welt? Dass wir hier im Land oder die Amis in Amiland nichts ändern, daran ist die Demokratie schuld. Da lässt sich nichts dran machen. Aber warum können wir nicht woanders anfangen, etwas zu ändern? Der Welt ist es egal, wo wir loslegen.

Der Kies auf dem Feldweg knirscht unter unseren Sohlen. Sascha atmet kräftig aus. Er scheint all die faulen Gedanken ausatmen zu wollen, die eben in der Hütte gedacht wurden. Dann sagt er: »Wenn wir die ganzen Polen, Türken, Neger und Schlitzaugen in Ruhe lassen, weiden hier bald keine Kühe mehr, dann werden hier Asylantenheime stehen. Und wenn die Asylanten integriert sind, bauen sie Einfamilienhäuschen und pflastern unser Land zu, bis es kein Deutschland mehr gibt. Dann gibt es nur noch Verbindungsstraßen zwischen den Eigenheimen der Asylanten und Ausländer und Parkplätze vor ihren Türen und Garagen. Die Natur machen die einfach platt und mit dem Umweltbewusstsein von den Russen und Türken ist es nun wirklich nicht weit her.«

»Jetzt ist aber langsam gut«, sagt Marga. »Ich kann das nicht mehr hören.«

»Solltest du aber. Ihr habt mit eurer Scheißemanzipation versucht, die Biologie zu verdrängen. Pille einwerfen und alles ist gut. Aber die Kanaken, die kriegen Kinder, und durch die Kreißsäle kommt so die Steinzeit zurück nach Deutschland. Eure Scheißemanzipation hat nur dazu geführt, dass die Ausländerweiber Kinder für irgendwelche türkischen Machos werfen und Idioten erziehen, die auch wieder Machos werden. Und eure Gebärmütter schweigen dazu. Eure ganze Scheißemanzipation wird aussterben, weil ihr keine Kinder kriegt.«

»Bist du etwa kein Macho?«

»So ein Türkenmacho würde dir jetzt eine scheuern und dir dann die Pille aus dem Leib ficken. Das ist der Unterschied zwischen den Kanakenmachos und den deutschen Männern, Schwesterchen.«

»Und warum habt ihr keine Kinder?«, fragt sie.

»Möglich, dass ich irgendwo eins hab«, wirft Tobias scherzend ein. Er will sich mit dem Spruch bei Sascha einschleimen und die Situation ein bisschen auflockern.

»Ficken, Kinder in die Welt setzen und sich dann verpissen. So siehst du aus«, sagt Marga. »Dazu bist du doch gar nicht fähig.«

»Aber ich hab es sicher nicht mit irgendeiner ausländischen Schlampe getrieben!«

»Ich etwa?«, fragt Marga. »Dass ich auf Frauen stehe, ist mir ganz neu.« Sie lacht Tobias aus. Bisher war sie mir immer sympathisch, jetzt lacht sie zu laut. Sie erträgt es nicht, dass sie uns keine Argumente entgegenbringen kann.

Wir erreichen den Toyota.

Mein Gefühl sagt mir, dass bei all den Vorwürfen, die sie sich gegenseitig gemacht haben, etwas unausgesprochen bleibt; etwas, was ich nicht hören soll. Das denke ich jedoch auch manchmal in der Schule oder daheim. Es ist sicher ein Fehler von mir, über solche Dinge nachzudenken, denn es macht dich unfähig zu handeln. Du darfst nicht immer glauben, dass die andern ein Geheimnis hüten und einen finsteren Plan haben, der dir zum Verhängnis wird.

Sascha fährt über die Heerstraße zurück und biegt dann auf die Bundesstraße nach links. Es ist ein Umweg, um nach M zu kommen, aber er will unbedingt über B fahren, damit ich die Reste vom Asylantenheim sehen kann.

Sascha sieht mich über den Rückspiegel an: »Warst du schon mal hier?«

»Ne.«

»Da stand das Heim. Und seinem Bruder haben wir es zu verdanken, dass es nun nicht mehr da ist.« Sascha deutet auf ein paar abgebrannte Fundamente, die mitten in der Pampa auf der grünen Wiese stehen. Einzig die Büsche, die sie im Quadrat um das Heim gepflanzt haben, sehen frisch aus.

»Wo sind die Leute?«, frag ich.

Sascha antwortet: »Bimboland.«

»Glaube ich nicht«, sagt Marga.

»Du hältst besser die Klappe«, fährt er sie an.

»Warum sollten die denn zurück. Schließlich sind sie aus ihren Ländern abgehauen, weil es ihnen ans Leder geht, da, wo sie herkamen.«

»Ich weiß, dass sie zurück sind. Das müssen also alles Scheinasylanten gewesen sein, sonst könnten sie gar nicht in ihre Länder zurück«, sagt Mark.

»Woher weißt du das?«

»Weil ich es gelesen habe.«

Niemand von uns glaubt Mark, dass er als Einziger diese Info hat, aber keiner traut sich, etwas zu sagen. Schließlich war das Gespräch über seinen Bruder eben schon hart genug. Als ihm Marga in ihrem Zorn etwas entgegnen will, hebt Sascha die Hand gegen sie. Sie zuckt zurück. »Ich wollte doch gar nichts sagen«, sagt sie.

»Rein prophylaktisch, falls dir doch noch was einfallen sollte. Denn jetzt ist es besser, du schweigst.«

Ich zucke nie. Wenn Vater mich schlägt, lass ich mich

schlagen. Würde ich zucken, müsste ich auf Reis knien – garantiert. Aber die Freude werde ich ihm nie gönnen, keine Träne soll er von mir bekommen.

»Von dir lass ich mir nicht vorschreiben, was ich zu sagen habe!«, schreit Marga plötzlich ihren Bruder an. Das Gewitter, das die ganze Zeit in der Luft lag, scheint sich jetzt zu entladen.

»Dann kannst du zu Fuß latschen!«, blafft er zurück und bremst. Wir fliegen in unseren Sitzen nach vorn in die Sicherheitsgurte.

»Steig aus«, befiehlt er ihr.

»Wieso?«

»Weil es mein Wagen ist. Ich habe ihn gekauft.«

»Aber ich hab ihn bezahlt, weil du dein Geld für irgendeinen Scheiß ausgibst. Ohne mich könntest du die Karre überhaupt nicht halten.«

Sascha beugt sich über sie, drückt die Tür auf und bedeutet ihr auszusteigen.

Sie bleibt sitzen.

»Steig aus«, sagt er.

»Fahr mich nach Hause«, befiehlt sie. Ich kann ihre Augen nicht sehen, aber sie brennen sicher vor Zorn.

Er schubst sie, vergebens. Er müsste viel mehr Gewalt anwenden. Sascha schaut sich zu mir um, weil ich direkt neben der Schiebetür sitze. »Steig aus und zieh sie raus aus dem Wagen«, bittet er mich. »Sie will es nicht anders.«

Ich sehe ihn an, rühre mich aber nicht. Sein Blick ruht auf meinem Gesicht, wird fester, und er sagt mit lauter Stimme: »Das ist ein Befehl!«

Ich öffne die Schiebetür langsam, ich bin unschlüssig.

»Jetzt mach schon, beeil dich!«, sagt Sascha. »Oder sollen wir ewig warten, bis mein Schwesterchen endlich ausgestiegen ist und wir weiterfahren können?«

Ich drücke die Tür zur Seite und gehe zur Beifahrertür. Sie steht offen. Marga würdigt mich keines Blickes, sondern sieht nur zu ihrem Bruder rüber, dessen Gesicht hart und unerbittlich ist.

»Was ist jetzt?«, sagt er mit fester Stimme über ihren Kopf hinweg. »Bitte sie darum, das Fahrzeug zu verlassen.«

»Kannst du vielleicht aussteigen«, sag ich.

»Warum?«

»Weil wir weiterfahren wollen. Du hältst den Verkehr auf.«

Sascha lacht. »Genau. Richtig so«, sagt er und wiederholt meinen Satz: »Du hältst den Verkehr auf. Das ist echt cool.«

»Und was willst *du,* Marvin?«, fragt mich Marga. »Willst du auch, dass ich aussteige?«

Mit der rechten Hand halte ich den Griff der Tür fest, die linke habe ich in der Hosentasche und meine Finger umklammern den Talisman von meinem Vater. Der Würfel, ich hatte ihn fast schon vergessen. Er soll Glück bringen.

Ich wiederhole meine Bitte. »Steig doch einfach aus.«

Aber Marga reagiert nicht.

»Wenn du sie jetzt nicht rausziehst aus dem Wagen, bleibt ihr beide da«, meint Sascha.

Ich bitte Marga erneut.

Ehe sie noch etwas sagen kann, bekommt sie von Sascha einen Stoß und fällt aus dem Sitz. Sie kippt gegen mich. Ich verliere für einen Moment die Orientierung, rutsche am Straßenrand ab, hab idiotischerweise die Linke immer noch in der Hosentasche, weshalb ich mich nicht abstützen kann, und wir rollen die Böschung hinunter. Dann höre ich das Dieselgeräusch des Toyota. Sascha ist mit den Kameraden weitergefahren. Ich kann es nicht glauben. Er lässt mich mit Marga hier in der Einöde zurück.

9.

»Verdammt!« Marga schreit in den Himmel hinein.

Wir rappeln uns wieder hoch und klettern aus dem Graben. Sie flucht. Ihr knielanges rotes Kleid mit den gelben Sonnenblumen ist schmutzig. Am linken Ellbogen ist die Haut leicht aufgeschürft.

»Lass die Wunde«, sagt sie, als ich ihr helfen will. »Die ist nicht so wild. Aber wie soll ich nachher arbeiten gehen? Ich komm garantiert nicht pünktlich. Mein Bruder ist so ein Ignorant.«

Ich sage nichts zu seiner Verteidigung. Immerhin muss ich hier eine Geschichte ausbaden, mit der ich nichts zu tun habe. Das war ein Geschwisterstreit, nicht meiner. Bei einem Streit zwischen Bruder und Schwester geht es nie um die Sache, sondern immer um die Liebe, die du von deinen Eltern nicht kriegst. Das war mit mir und meiner Schwester das Gleiche. Ich kann Sascha verstehen. Ich habe meine Schwester auch manchmal gehasst. Ich bin froh, dass sie weg ist.

»Bezahlst du wirklich die Steuer und Versicherung für den Wagen?«

Marga nickt. »Ich zahl das halbe Leben von diesem Idioten.«

Wir gehen leicht lädiert am Straßenrand lang. Der Asphalt franst an den Rändern aus. Schotter liegt zwischen

Landstraße und Gras. Weit und breit ist kein Auto zu sehen. Die Gegend ist wirklich tot. So was kennt man sonst nur aus Filmen, die irgendwo zwischen Las Vegas und dem Nirgendwo spielen. Aber hier ist keine Wüste, hier ist alles grün und trotzdem scheint niemand hier leben zu wollen, mitten in Deutschland. Zu viele Arbeitslose, zu wenige Lehrstellen, die Frauen, die die besseren Schulabschlüsse haben, sind längst weg, arbeiten in Holland oder Bayern. Männer haben verloren, Frauen haben gewonnen.

»Wie verdienst du eigentlich dein Geld?«, frage ich Marga.

»Ehrenamtlichenvermittlung«, sagt sie. Sie sieht mich nett an, als sei sie froh, dass wir endlich mal über etwas anderes reden als Ausländer und Politik. »Wir haben in M eine Stelle, wo die Leute hinkommen, die ihre Zeit sinnvoll nutzen wollen und nicht so eine Scheiße bauen möchten wie mein Brüderchen und seine Kameraden.«

»Ich bin auch ein Kamerad von deinem Bruder.«

»Du bist ein netter Kerl, sonst hättest du nicht auf mich verzichtet. Aber das hab ich dir schon mal gesagt.«

Ich verstehe immer noch nicht genau, was sie eigentlich macht, und sehe sie fragend an: »Du vermittelst Freiwillige? Wie soll ich mir das vorstellen?«

»Na, Leute, die gern mal einem Schauspieler, der bei uns in M am Theater zu Gast ist, die Stadt zeigen möchten. Oder Leute, die helfen, wenn Kinder in den Sommerferien betreut werden müssen. Die bekommen kein Geld dafür, die wollen einfach etwas Gutes für die Gesellschaft tun. Ehrenamtlich halt.«

»Ist ja edel.«

»Lass uns weitergehen!«, sagt sie.

»Und warum arbeitest du meistens abends?«

»Weil wir Schichten haben und die Ehrenamtlichen auch manchmal während ihrer Jobs betreuen müssen.«

»Wer bezahlt dich?«

»Willst du Journalist werden?«, fragt sie mich.

»Wieso?«

»Weil du einem Löcher in den Bauch fragst.«

»Nein«, sag ich. »Ich werde …«

»… Maler und Anstreicher – hat mir Sascha erzählt.«

»Maler und Lackierer«, korrigiere ich.

»Hast du schon eine Lehrstelle?«

»Kann nächstes Jahr anfangen.«

»Wie bist du da drangekommen?«

»Mein Vater hat das eingetütet und ich bin gut in der Schule. Alles kein Problem.«

»Schön, wenn einem die Eltern helfen können.«

Ich bejahe.

»Liebst du deine Eltern?«

»Schon«, sag ich.

»Etwas Besseres gibt es nicht.«

Ich schweige. Wir gehen weiter. Ich habe die linke Hand tief in der Hosentasche vergraben und spiele mit dem Würfel zwischen den Fingern. Es beruhigt. Ich sehe aus dem Augenwinkel an Marga herab. Ob sie unter dem Kleid an dem silbernen Ring heute einen Anhänger trägt? Ich spiele mit dem Würfel. Ob ich ihr meinen Talisman schenken soll? Er bringt Glück. Sie wischt sich den Schweiß von der Stirn.

»Ist das nicht gefährlich mit den Dämpfen beim Lackieren?«, fragt sie.

»Das war früher so, heute ist es nicht mehr gefährlich, nur bei Heizkörperlacken …« Ich höre mich und merke, dass ich wie mein eigener Vater rede. Also unterbreche ich mich. »Mein Vater will, dass ich Maler und Lackierer werde«, sag ich ehrlich. »Eigentlich habe ich mich nicht um die Lehrstelle gerissen.«

Sie schaut mich erstaunt an. »Du machst es also nur, weil er es will?«

»Ich …«

»Finde ich gut. Man sollte auf seine Eltern hören. Sie sind schon mehr Schritte im Leben gegangen als man selbst. Sie sind nicht mehr so unbedacht.«

»Dein Bruder weiß auch genau, wo es langgeht.«

Sie lächelt. »Auf alle Fälle ist er ganz groß darin, andern zu sagen, wo sie langlaufen sollen. Ob es aber der richtige Weg ist, wage ich zu bezweifeln. Sascha gehört zu den Entscheidern …«

»Und Überlaubern«, sag ich und lache.

Sie muss wegen des Worts *Überlauber* auch lachen.

»Wo hast du denn das her?«

»Früher hat das meine Schwester immer gesagt, wenn sie etwas anderes wollte als ich. Dann hat sie gesagt, ich gehe zur Überlauberin. Damit war meine Mutter gemeint.«

»Du hast eine Schwester?«

»Sie ist weg. Abgehauen.«

»Wie alt ist sie?«

»Neunzehn.«

»Und was macht sie?«

»Was weiß ich? Sie wollte Stewardess werden. Aber sie hat keinen Kontakt mehr zu uns.«

»Merkwürdig«, sagt Marga.

»Sie hat kein Verantwortungsgefühl gehabt.«

»Du redest von ihr wie von einer Toten.«

»Nein, aber sie hat gesagt, dass sie keinen Bock mehr auf all das hier hat, und damit hat sie auch mich gemeint.« Ich sehe in die Ferne, wo das nächste Dorf liegt. »Einfach raus wollte sie, nur weg von hier, weg aus diesem stinkenden Deutschland.«

»Ist ja krass. Einfach abzuhauen und den ganzen Müll hinter sich zu lassen – cool.«

»Das klappt garantiert nicht. Es ist wie mit diesen giftigen Dämpfen. Du wirst sie nicht mehr los, wenn du sie einmal eingeatmet hast – egal wohin du rennst. Sie machen dich von innen krank. Was einmal in der Welt ist, bekommt man nicht mehr weg. Man kann es höchstens verändern. Das ist sogar mit Ideen so.«

Marga hebt die Augenbrauen. »Du hast ganz schön was drauf«, sagt sie.

»Sagen meine Lehrer auch.«

»Und du siehst älter aus, als du bist.«

»Aber es hilft mir nicht. Denn ein Wunderknabe bin ich auch wieder nicht und studieren will ich erst recht nicht.«

»Warte doch ab.«

Ehe ich mir überlegen kann, ob sie es ernst meint, lacht sie los und sagt liebevoll: »Du bist süß, Marvin. Hab selten mal so einen Menschen wie dich kennengelernt.«

»Und du …« – bringst mich durcheinander, wollte ich sagen, aber ich bekomme den Satz nicht über die Lippen.

» … du bist ein Beobachter«, führt sie meinen Satz fort. »Du bist einer, der nie ganz bei den andern ist, mittendrin, sondern der immer die Situation betrachtet. Nur wenn du Wut hast, dann bist du ganz bei der Sache, in der Wut und in der Liebe.«

Ich seh sie erstaunt an.

»Ja«, sagt sie. »Solche Menschen sind mir sympathisch. Deshalb finde ich es auch nicht schlimm, wenn du in Wut etwas machst, denn dir fehlt nur die richtige Frau, damit du deine Energie in die Liebe stecken kannst.«

»Das meinst du nicht ernst«, sag ich.

»Nein«, sagt sie, lacht wieder und drückt mir einen Kuss auf die Wange. »Eigentlich ist es schön, dass mich Sascha mit dir zusammen rausgeworfen hat.«

Ein Wagen kommt uns aus B entgegen. Die Asphaltstraße liegt wie eine ausgerollte Lakritzschnecke in der Landschaft. Zwei Männer sitzen in dem Polo. Wir nehmen die Daumen hoch. Sie heizen an uns vorbei, dann wendet der Fahrer und fährt im Schritttempo neben uns. Die Karre ist schon leicht lädiert und uralt. Die Scheibe des Beifahrers geht runter. »Hey. Warum lauft ihr denn in die Richtung und wollt in die andere mitgenommen werden?«, fragt er und betrachtet Marga eindringlich.

»Wir wollen in keine spezielle Richtung«, sagt sie. »Nur irgendwohin, wo ein Bus fährt, der uns nach M bringt.«

»Der fährt nur zweimal am Tag.«

»Ihr kennt euch hier also aus?«, fragt Marga.

»Wo kommt ihr denn her?«, will der blonde Beifahrer wissen. Er dürfte so etwa Mitte zwanzig sein. Seine Haut ist kachelglatt wie die einer Schauspielerin. Wieder betrachtet er Marga von oben bis unten und fragt: »Und zu wem gehörst du überhaupt?«

Der schwarzhaarige Fahrer, der fast glatzköpfig ist und ein leichtes Spitzbärtchen hat, grinst uns von seinem Sitz entgegen. Er sieht im Gegensatz zu seinem Kumpel eher mitgenommen aus, ein bisschen vernarbt. Hatte vermutlich früher mal heftig Akne. Er schweigt und lässt seinen Kumpel labern.

»Wir müssen nach M«, misch ich mich ein.

Der Fahrer nickt. Jetzt mischt er sich ein: »Da fahren wir auch gerade hin.«

»Können wir mit?«, fragt Marga.

»Du ja«, sagt er.

»Und mein Freund?«

»Wenn der gern zuguckt …« Er sieht seinen Beifahrer an, dann lachen sie hämisch. Sie kommen sich toll vor und schlagen gegenseitig ein – genau wie es die Kameraden immer tun.

Marga winkt ab. »Dann eben nicht.«

»Na gut, dein Freund darf dabei sein. Wir sind ja gar nicht so«, sagt der Fahrer. Er hat die beiden Schneidezähne weit auseinanderstehen.

»Nein«, sagt Marga zu ihm.

»War doch bloß ein Scherz.«

»Lasst uns in Ruhe«, sag ich. »Wir gehen lieber zu Fuß.«

»Dich hab ich nicht gefragt, Kleiner«, fährt mich der Beifahrer schroff an und hebt seinen rechten Ellbogen auf die heruntergelassene Scheibe, die fast in der Tür verschwunden ist. Oben am Fensterrahmen spielt er mit den Fingern, öffnet die Faust und schließt sie, öffnet sie, schließt sie. Das soll wahrscheinlich cool wirken, aber Marga steht nicht auf coole Typen. Da bin ich mir ziemlich sicher.

Marga zieht mich am Ärmel und sagt: »Wir gehen. Ihr dreht wieder und fahrt in die Richtung« – sie zeigt nach links – »und wir laufen in unsere Richtung.«

Wir gehen ruhig weiter. Hinter uns hören wir das Motorgeräusch. Der Polo scheint weiter im Leerlauf zu warten.

»Wann ziehen die endlich Leine?«, fragt Marga.

»Nicht umdrehen«, sag ich.

»Solche Gestalten kann ich nicht ab«, sagt sie. »Könnten Freunde von meinem Bruder sein.«

Das Motorgeräusch wird lauter. Ich schaue mich um. Die Typen kommen hinter uns her. Sie fahren neben uns.

»Verpisst euch!«, sagt Marga.

Jetzt erst seh ich das Kreuz auf dem Oberarm des Fahrers. Es ist eine stiftlange Tätowierung in Schwarzblau. Das Kreuz zeigt nach unten. Teufelsanbeter. Diese Typen wissen nicht, wo es langgeht. Keinen Kompass im Leben. Sie wollen cool sein, dabei sind sie bloß hilflos. Der Beifahrer hat zumindest ein Ziel: Marga.

»Komm mit uns, kleine Maus«, sagt er.

Wir gehen schneller. Ich weiß nicht, was ich tun soll. Soll ich mich mit dem Typen streiten? Er wartet nur drauf, dass ich wütend werde. Das merk ich ihm an. Ich nehme Marga an der Hand. Sie sieht mich verbündet an. Meine Hand gibt ihr Sicherheit. Ihre Hand ist weich und feucht.

Der Beifahrer lacht. Sein Kumpel ebenfalls. Sie machen sich lustig über mich, weil sie mir nicht zutrauen, dass ich eine so gut aussehende Freundin habe. Da seh ich von Weitem den Toyota-Kastenwagen von Sascha. Er kommt uns aus B entgegen.

Marga hat auch gerade den Toyota erkannt. »Seht ihr

da vorn den Wagen?«, sagt sie zu dem Fahrer und seinem Freund.

»Na und?«, fragt der Beifahrer.

»Das ist mein Bruder. Wenn ihr uns nicht in Ruhe lasst, werden er und seine Freunde euch fertigmachen. Glaubt es mir.«

»Wie schrecklich«, ruft der Fahrer uns zu. »Wir zittern gleich.«

Ich ziehe Marga auf die andere Seite, gehe jetzt direkt neben dem Polo.

»Willst dich wohl als Macker aufspielen«, sagt mir der Beifahrer. »Soll ich aussteigen und dir deine Freundin einfach wegnehmen?« Mit diesen Worten greift er nach meinem Oberarm, als wolle er ihn zerquetschen. Der Typ hat Bärenkräfte und behaarte Finger.

Ich lasse Margas Hand los, dreh mich zu ihm, fasse ihm kurzerhand in die Haare, zieh dran, so fest ich kann, zerr seinen Kopf mit aller Kraft durch das Fenster. Er schreit: »Bist du bescheuert?«, und versucht, sich zu wehren. Ich zerr noch stärker an seinen Haaren. Er schlägt um sich, doch er kommt nicht so richtig an mich ran, hängt aus dem Fenster wie eine Schildkröte, die ihren Kopf zu weit aus dem Panzer gestreckt hat. »Fahr!«, schreit er seinen Kumpel an. »Fahr! Das Arschloch reißt mir die Haare aus!« Der Fahrer gibt Gas. Ich halt seine Haare noch so lange fest, wie es geht. Er schreit vor Schmerz. Ich laufe ein paar Schritte mit, sein Schopf rutscht mir aus der Hand und ich sehe blonde Haare und Blut zwischen meinen Fingern.

Der Polo hält etwa fünfzig Meter von uns entfernt. Die beiden steigen aus.

»Lauf weg!«, sagt Marga.

»Nie«, sag ich. Die Wut ist in mir. Es gibt nichts, was dich stärker macht.

»Warte, bis Sascha und die andern hier sind.«

Aber ich lauf auf die Typen zu. Die sollen nicht denken, dass sie recht haben. Sie haben kein Recht. Der Blonde fährt seine Linke aus, schlägt mir unter die Nase. Ein stechender Schmerz zischt mir ins Hirn wie ein Blitz. Ich merke nicht mehr, wie ich falle.

10.

»Der Typ ist in Ordnung.«

Die Worte hallen in meinem Schädel wider. Es ist Saschas Stimme, sie klingt ruhig und sicher wie immer.

Ich schlage die Augen auf.

»Da bist du ja wieder«, sagt Sascha und reicht mir ein Taschentuch. »Hast dich mit dem Falschen eingelassen, Marvin.«

Über mir stehen der Polo-Fahrer, Sascha, der Beifahrer, Tobias und Mark. Alle gucken auf mich herab wie die Geier auf Aas. Aber ich bin nicht tot.

Ich stütze mich im Schotter auf die Ellbogen und wisch mir das Blut von der Nase.

»Wenn ich euch vorstellen darf: Das ist Marvin.« Sascha zeigt auf mich. »Marvin, das sind Guido …« – er zeigt auf den Fahrer – »… und Mauritz. Kameraden von uns. Guido leitet die Standarte 88.«

»Hast ja Superfreunde«, sagt Marga.

»Halt die Klappe«, fährt Sascha sie an. »Wegen dir sind wir überhaupt in diese Situation gekommen.«

»Das sind meine Haare«, sagt Mauritz und schaut auf das Haarbüschel, das ich in der Hand halte. Es brennt in meiner Hand. Dieses Stroh kannst du auf einem Altar verbrennen. Dann hilft mir Mauritz auf: »Nichts für ungut, Kamerad«, sagt er.

Sascha und Guido scheinen sich gut zu kennen. Sie haben wohl schon in M zusammen Penner getickt und reden über alte Zeiten. Marga ist das zu blöd. Sie sagt, sie will endlich ins Quartier, denn sie muss gleich zur Arbeit.

»Hat ganz schön Feuer, dein Schwesterchen«, meint Guido. »Du solltest aufpassen, dass sie dir nicht auf dem Kopf rumtanzt.«

»Provozier sie nicht, sonst kratzt sie dir die Augen aus«, sagt Sascha und schlägt bei Guido ein wie irgendwelche Typen im Ghetto. Dabei gibt es hier weit und breit keine Häuserschluchten und brennenden Tonnen, sondern höchstens mal einen Wassertank fürs Vieh.

»Ja, ja, bin ja gleich wieder weg mit Mauritz«, sagt Guido und fragt Sascha: »Was hältst du eigentlich von dem Musical ›Hair‹?«

»Scheiße. Die hoffen auf ein paar Touristen durch die Niggershow. Hab gehört, das Ding soll immer gerammelt voll sein, seit es vor einem Monat angelaufen ist.«

»Stimmt. Wir müssen was tun. Solche Sprüche wie die von dem singenden Bimbo können wir uns nicht bieten lassen.«

»Was hat er denn gesagt?«

»Liest du eigentlich keine Zeitung?«

»Bin ich Politiker?«

Guido lacht: »Na, dieser Nick Canavan, der wohl eine der Hauptrollen spielt, hat erklärt, dass er keine Angst in Deutschland hat und auf die neue Rechte scheißt.«

»Das hat er gesagt?«

»Nicht wörtlich, aber in der Art.«

Sascha überlegt.

»Dieser Exami meint, er sei ein ganz normaler Deutscher, nur weil er jetzt einen deutschen Pass hat«, fährt Guido fort.

»Halt nur ein bisschen dunkler ist er«, sagt Tobias launig. »Oder hat der keinen Spiegel in seiner Hütte?«

Alle lachen, wobei mir auffällt, dass Guido nicht nur eine Lücke zwischen den Schneidezähnen hat, sondern ihm auch noch auf einer Seite die Backenzähne fehlen. Er wirkt im Ganzen ungepflegt. Seine schwarze Hose ist an den Knien eingerissen und auf dem T-Shirt hat er Flecken.

»Und was wollt ihr machen?«, fragt Sascha.

»Wissen wir noch nicht. Wir können ja nachher beim Boxen weiterreden.«

»Weiß noch nicht, ob ich kommen kann«, sagt Sascha.

»Du warst schon lange nicht mehr mit deiner Standarte im Klub. Solltest dich mal wieder blicken lassen. Sonst vergessen wir noch deine Linke. Außerdem tut es mir immer gut, mal gegen einen Linkshänder zu boxen.«

»Keine Zeit«, sagt Sascha.

»Dann lass uns mailen.« Guido schlägt wieder bei Sascha ein. »Wir müssen was tun. Wenn die Nigger ihre dicke Lippe riskieren, sollten wir sie ihnen ruhig blutig schlagen.«

Mauritz und Guido steigen in ihren goldfarbenen Polo, wobei Marga sie noch einmal von oben bis unten betrachtet, als wäre sie Fleischbeschauer – dann sind sie weg. Respekt kennen die beiden nicht. Merkwürdig, mit was für Typen sich Sascha verbünden muss, um das Pennergesocks und die Ausländer in ihre Schranken zu weisen?

»Hast Glück gehabt, dass wir zurückgekommen sind«, sagt er zu mir, als wir wieder im Toyota hocken. »Guido hat schon so viele Schlägereien hinter sich, dass es für eine ganze Boxerkarriere reicht.«

»Und keinen Tag Knast«, sagt Tobias von der Bank hinter mir. »Bis heute weiß keiner, dass er damals die Zecke in M auf dem Heimweg erwischt hat.«

»Was meinst du damit?«, frag ich.

»Klingst wie ein Spitzel«, sagt Sascha und drückt den Gang rein. Der Wagen bewegt sich. »Du hast so was Neugieriges. Ich weiß nicht, ob mir das gefällt oder ob es mir auf die Eier geht.« Er schaltet hoch. Der Toyota schaukelt sanft über den Asphalt und scheint langsam abzuheben.

»Warum seid ihr überhaupt zurückgekommen?«, frag ich.

»Weil ich mich dran erinnert habe, dass mein Schwesterchen pünktlich zur Arbeit muss«, sagt er zu ihr gewandt. »Spätschicht. Oder täusch ich mich da?«

Marga schweigt. Sie lässt das kumpelhafte Schulterklopfen ihres Bruders über sich ergehen.

»Habt ihr denn so viele Freiwillige?«, redet Sascha in provozierendem Ton weiter. »Bist du eine fleißige Samariterin?«

Tobias und Mark lachen.

»Freiwillige. Hey, das ist echt gut. Freiwillige«, sagt Mark. Die beiden klatschen bei mir ein.

Ich frage sie nicht, warum sie lachen. Es kommt mir so vor, als wollten sie mich und Marga niedermachen. Was haben die gegen uns? Gönnen die uns nicht, dass wir uns beide sympathisch finden? Ich glaub jedenfalls, Marga mag mich. Ich bin der Einzige hier im Bus, der sie wirklich respektiert. Und eine Frau wie sie hat Respekt verdient.

»Lasst ihn in Ruhe«, sagt sie. »Er weiß, dass ich beim Ehrenamtlerbüro in der Bredowstraße arbeite.«

»Ist ja schon gut«, sagt Tobias, versucht, sich zu beruhigen, und reibt sich die Tränen vom Lachen aus den Augen. »Ehrenamtlerbüro!« Und er muss wieder lachen.

»Was ist daran eigentlich so witzig?«, fragt Sascha. »Haltet einfach die Klappe, Kameraden.« Dann fragt er mich: »Wie geht's deiner Nase, Marvin?«

»Hab gutes Heilfleisch.« Sie schmerzt kaum noch. Soweit ich es von hier aus im Rückspiegel erkennen kann, ist sie nicht einmal angeschwollen.

»Was war mit Guido und der Zecke?«, will ich wissen.

Als Tobias anhebt, mir die Geschichte zu erzählen, unterbricht ihn Sascha und redet selber: »Eine Horde Zecken hatte eines Tages Guido überfallen. Sie hatten ihm mit dem Messer über der Oberlippe einen Schnitt verpasst und anschließend die halbe Lippe abgerissen. Guido muss wie verrückt geblutet haben. Zwei Monate später hat er sich den Anführer der Zecken privat gekrallt und ihm von hinten einen Stechbeitel in den Rücken gejagt – Guido ist Schreiner. Die Zecke ist verblutet, direkt unten beim Schrottplatz. Guido hat ihn in einen zerbeulten Escort auf den Fahrersitz gepflanzt. Dort muss er erst mal ein paar Wochen gehockt haben, ehe die Leute vom Schrott den toten Körper bemerkt haben. Die Zecke soll ganz schön gestunken haben.«

»Warum sollen wir nicht mal wieder zum Boxen gehen?«, fragt Mark. »Ich hätte Bock.«

Sascha sagt: »Hast recht. Warum nicht? Aber erst mal bringen wir das Schätzchen nach Hause.« Erneut tätschelt er Marga, die ruhig bleibt, als sei sie versteinert.

Danach bringen sie mich nach Hause. Ich soll meine Turnschuhe, Sweater und Shorts holen. Meine Mutter will wissen, wer draußen im Toyota wartet.

»Freunde«, sag ich.

»Wohin fahrt ihr?«

»Bin ich hier beim Verhör?«

»Gib deiner Mutter gefälligst eine vernünftige Antwort.« Lautlos ist mein Vater hinter mir in der Küchentür aufgetaucht.

»Wir sind beim Jugendklub Kuhle Wampe«, sag ich.

»Mama will nicht wissen, wohin du fährst, sondern wer da draußen im Wagen sitzt und warum du Sportklamotten mitnimmst.«

»Boxen«, sag ich. »Im Jugendklub Kuhle Wampe lernen wir boxen.«

»Damit die Jungen sich mal so richtig auspowern können«, sagt Mutter. Sie muss das Wort *auspowern* im Fernsehen aufgeschnappt haben. Meine Vermutung ist richtig. Sie erzählt von einer Reportage. »Die Regierung bezahlt die Trainer und das ganze Boxzeug, damit unsere Jungen nicht den Rechten in die Hände fallen oder auf der Straße rumlungern und kriminell werden.«

Mein Vater meint ironisch dazu: »Besser geht es nicht. Dieser Staat sorgt sich schon um seine Deutschen.«

Wieder zurück im Wagen, frage ich Sascha: »Stimmt es wirklich, dass die Regierung das Boxen bezahlt?«

»Ja, die sind so bescheuert.« Er grinst. »Wahrscheinlich hätte dieser Staat auch das Cyklon B bezahlt …«

»Was ist das?«

»Das Gift, mit dem sie die Juden vergast haben.«

Und ich sage im Scherz: »Gib Gas!«

Wieder lachen alle.

Ich muss an Marga denken, wie wir sie eben am Quartier abgesetzt haben. Wo wohnen eigentlich die Eltern von Sascha und Marga? Und wo wohnt Sascha selbst? Ich weiß es nicht. Egal, Hauptsache, wir sind zusammen, und boxen wollte ich immer schon mal. Alles ist Zufall im Leben und alles ist Vorsehung. Du kannst jahrelang Engel sammeln, aber du kannst nur mit viel Glück einem Engel begegnen. Hätte mein Vater nicht mit Mark im Blauen Ochsen geredet und gesoffen, wäre Sascha nicht auf mich aufmerksam geworden, und ich hätte nie Marga kennengelernt und wäre jetzt nicht auf dem Weg zum Boxtraining. Der Würfel hat sechs Seiten. Auf jeder der Seiten ist eine Sechs. Ich halte ihn zwischen meinen Fingern in der Hosentasche und bin glücklich.

Der Klub Kuhle Wampe ist in einem Elb-Brückenpfeiler im Zentrum von M untergebracht. Das ist die coolste Location, die ich je gesehen habe. Der Raum ist so groß wie ein Basketballfeld, nur dass die Decke niedrig hängt. Guido und Mauritz sind schon da. Sie springen Seil. Beide tragen lange Shorts und richtige Boxerschuhe – ganz weiß.

»Sieht schwul aus«, sagt Sascha hinter vorgehaltener Hand und schlägt zur Begrüßung kurz bei Guido ein. »Geht. Zieht euch schon mal um«, befiehlt er uns, da er mit Guido noch ein paar Worte »privat« zu bereden habe.

Wir ziehen uns hinterm Vorhang um, der in einer Ecke des Raums aufgespannt ist, und fünf Minuten später schlage ich auf einen Sandsack ein, auf dem nicht Bimbo, sondern Rocky Balboa steht. Sascha trainiert an den Hanteln. Er wippt die Dinger auf und nieder wie Mäusespeck. Einen Trainer kann ich nicht erkennen. Jeder trainiert allein vor sich hin.

Plötzlich umfasst mich Mauritz von hinten und zieht mich ein Stück zurück.

»So stehst du besser, Kamerad«, flüstert er mir ins Ohr. »Du musst dich ein paar Zentimeter weiter weg vom Sack postieren. Wenn du sonst auf das Ding eindrischst, hast du nach zwei Jahren keine Schultergelenke mehr. Mach es lieber so.« Er stellt sich neben mich und schlägt gegen den Sandsack. Seine Bewegungen sind fließend, aber langsam, so als würde er unter Wasser boxen. Ich frage mich, wie er einen Gegner in diesem Zeitlupentempo überraschen will. Aber ich gehorche. Schließlich hat er mich heute ausgeknockt.

»So«, unterbricht er mich. »Wenn du jetzt wieder fünf Zentimeter näher an das Leder rangehst, dann kriegt dein Gegner dein ganzes Gewicht zu spüren. Du bist noch jung, du kannst dich noch auf die Geschwindigkeit konzentrieren, du musst nicht mit Kraft kämpfen, sondern mit Geschwindigkeit. Männer wie ich sind eigentlich schon zu alt. Wir müssen alles mit Kraft machen. Die Schnelligkeit kannst du nur wirklich verbessern, wenn du jung bist. Also lass deine Fäuste wirbeln, aber im Rhythmus einer Uhr. Klar?«

»Klar«, sag ich. »Ebbe und Flut.«

Ich geh also wieder die fünf Zentimeter zurück und

schlage, touchiere mit meinen Fäusten nur leicht den Sandsack, bis mir nach ein paar Minuten der Schweiß von der Stirn rinnt. Meine Arme fließen rund durch die Luft, rund wie die Schaufeln eines mächtigen Schaufelradbaggers, rund wie die Schaufeln eines Hakenkreuzes.

»Wir hier im Osten haben die bessere Ausbildung«, sagt Guido, der mich unerwartet anspricht. »Du könntest bei mir und Mauritz in die Schule gehen. Du würdest sicher einen passablen Boxer abgeben. Noch ein bisschen mehr Futter und hartes Training. Für den Streetfight bräuchtest du nur noch ein paar miese Tricks.«

»Dafür bin ich zuständig«, fährt Sascha ihn an. Ich habe ihn gar nicht kommen sehen. »Lass den Jungen in Ruhe«, meint er zu Guido und packt ihn an den Schultern. »Er gehört zu meiner Standarte.«

»Hey, hey, keine Aufregung. Ich bring ihm nur Boxen bei, damit er uns keine Haare mehr ausreißen muss. Das tut Mauritz jetzt noch weh.«

»Okay, aber Mauritz soll die Finger von ihm lassen. Oder soll der Junge kämpfen wie eine Schwuchtel?«

Ich denke daran, wie mich Mauritz eben von hinten umfasst hat.

»Willst du das auf dir sitzen lassen?«, fragt Guido seinen Kameraden, der den Sandsack festhält, damit er nicht mehr hin und her pendelt.

Als würde die Meute das Blut riechen, hat sich schon ein Kreis um uns gebildet.

»Also, was ist?«, provoziert ihn Sascha weiter. »Oder willst du den Sandsack noch ein bisschen hätscheln. Gibst du ihm gleich Bussi?« Sascha spitzt die Lippen.

Mauritz stößt den Sack weg und geht auf Sascha zu, baut sich vor ihm auf. Er ist fast genauso groß wie Sascha, nur nicht ganz so muskelbepackt. Durch seine längeren blonden Haare und den makellosen Teint wirkt er wirklich ein bisschen tuntig in seiner weißen Kluft.

Die beiden steigen hoch in den Ring.

»Ohne Kopfschutz«, sagt Sascha.

Mauritz nickt. Er hätte schlecht etwas anderes tun können. Schließlich will er nicht als Feigling dastehen. Wir sehen zu den beiden hoch. Über dem Ring hängt das Schild »Boxklub Kuhle Wampe« mit dem Klubwappen: zwei Boxer und darunter steht 1907 e.V. Rost frisst sich von den Rändern langsam in das Herz des Schilds vor.

»Hau ihm die Birne runter!«, feuert Guido seinen Kameraden an. »Mach mir keine Schande.«

Mark und Tobias stehen neben mir. Keiner von uns hat Boxschuhe, während die übrigen Kameraden alle voll ausstaffiert sind.

»Los, feuer ihn an«, sagt Tobias zu mir und schreit zusammen mit Mark: »Mach ihn tot! Tot! Tot!«

Ich schreie mit ihnen das Wort »tot«. Ich habe noch keinen Boxkampf live gesehen – nur im Fernsehen. Da ertönt ein Gong, von dem ich gar nicht weiß, wo er herkommt.

Die beiden Kontrahenten gehen aufeinander los – ohne Ringrichter, ohne Ecke, ohne Trainer, ohne Taktik. Sascha tappt, während Mauritz tänzelt, als habe er Mohammed Ali verschluckt, als wolle er gleich einen Tango aufs Parkett legen, als vertraue er auf die Übermacht der Geschwindigkeit. Er hüpft und hüpft, sticht jedoch mit seinen Fäusten nicht zu, sondern wartet ab, schlägt ein paar Luftlöcher.

Dann haut Sascha zu, durchbricht aber nicht Mauritz' Deckung, der jeden seiner Schläge mit seinen Fäustlingen abfedert. Es vergeht so etwa eine Minute, bis Mauritz zum ersten Mal selbst zum Zug kommt und sogleich durch Saschas Deckung dringt. Klatsch. Treffer. Blut wird aus Saschas Braue rinnen. Da bin ich mir sicher. Doch ehe das Blut überhaupt seinen Weg aus den Gefäßen hinaus ins Freie gefunden hat, läuft Sascha wutentbrannt wie ein Stier auf Mauritz zu. Der versucht, ihn auf Distanz zu halten, aber da tritt ihm Sascha schon mit aller Kraft in den Unterleib. Mauritz bleibt die Luft weg.

»Buh«, rufen die Kameraden um uns herum.

Bevor Mauritz wieder zu Atem kommt, erhält er einen Schwinger von Sascha und dann einen Tritt ins Kreuz. Mauritz knickt weg, fällt gegen die Seile, rutscht nach unten. Kaum dass er den Boden erreicht hat, tritt ihm Sascha in die Seite, noch mal und noch mal. Gegen den Körper, gegen das Gesicht. Mauritz liegt da wie ein Stein. Sascha scheint völlig außer sich vor Wut. Wir stürmen den Ring. Mittlerweile schreit Mauritz schon nicht mehr. Wir müssen Sascha davon abhalten, dass er weiter auf ihn eintritt. Er ist noch jähzorniger als ich. Er und seine Wut scheinen unendlich.

Mark und Tobias gelingt es, Sascha die Arme auf den Rücken zu drehen.

Guido zischt ihm ins Ohr: »Bist du bekloppt? Was soll das? Du sollst ihm nur einen Denkzettel verpassen, mehr nicht.«

Ich trau meinen Ohren nicht. War das etwa ein abgekartetes Spiel zwischen Guido und Sascha? Warum sollte

Guido daran Interesse haben, dass sein eigener Kamerad verdroschen wird?

»Was geht da …?« Es rutscht mir über die Lippen.

Weiter komme ich nicht, denn Guido ahnt schon meine Frage und gibt mir die Antwort: »Weil die Sau Geld von mir geklaut hat. Sascha hat gestern Nacht mit mir den Asiaten am Markt abkassieren wollen. Aber Fehlanzeige, denn Mauritz war schon eine Stunde vor uns da und hat das Geld eingesteckt. Doch der Asiate hat ihn trotz Sturmhaube an seinen Tretern erkannt. Er ist der einzige Idiot, der in den New Balance silberne Schnürsenkel trägt. So viel Blödheit und Dreistigkeit muss bestraft werden.«

Ich verstehe nichts. Meint er etwa den gleichen asiatischen Imbiss, den ich aufgemischt habe? Ein Kamerad, den ich nicht kenne, hat irgendwoher einen Verbandskasten gezaubert. »Warte einen Moment!«, schreit ihn ein zweiter nervös an und kippt Mauritz einen Eimer Wasser ins Gesicht. Dann tupft er ihm mit einem Lappen das Gesicht ab. Mauritz ist wieder wach. Er hat zwei Platzwunden: eine auf der Stirn, eine unter dem Auge. Pflaster werden draufgeklebt. Die Hände des Kameraden sind schnell und geübt wie die eines Chirurgen.

Was meinten die drei gestern Nacht, als ich sie verfolgt hab, mit abkassieren? Ging es tatsächlich um diesen Vietnamesen?

»Komm, Kamerad«, sagt Sascha zu mir. »Wir sollten uns anziehen und von hier losmachen.« Er hat eine Blessur an der Braue – daumenbreit. Sie ist ein wenig angeschwollen und bläulich, aber sie blutet nicht. Sonst ist er fit wie ein frisch getankter Panzer. Es scheint geradezu so, als habe ihm die Schlägerei gutgetan und neue Energie gegeben.

»Freistil«, sagt er zu mir. »Es gibt nichts Schöneres als Streetfight in the club.«

Ich hätte Sascha nicht zugetraut, dass er so zuschlägt. Nie. Er scheint sonst so kontrolliert. Er ist mir ähnlich. Unterschätz meinen Bruder nicht, hat mir Marga gesagt, als wir sie eben am Quartier rausgelassen haben. Am liebsten hätte ich sie in dem Moment an der Wagentür geküsst, so nah war ihr Gesicht an meinem. Aber dann hatte Mark zu mir gesagt, ich solle im Toyota warten. Ich schob die Tür zu und wartete, während sich Tobias, Sascha und Mark die Sportsachen aus der Wohnung holten. Ich blieb jedoch nicht sitzen, sondern ging den Fußweg von der Straße über den Bürgersteig bis zur Haustür immer wieder auf und ab wie ein Löwe im Käfig, stand kurz in dem Flur in diesem heruntergekommenen Haus und dachte an Marga. Sie ist mein Glück.

Jetzt stehe ich wieder in einem Flur, nur dass es am Ende dieses Gangs keinen Aufzug gibt, sondern nur die Tür, durch die wir ins Treppenhaus treten, das uns aus dem Brückenpfeiler hinaus auf die Brücke führt. Am westlichen Ufer der Elbe steht unser Wagen. Es ist schon Abend, aber es ist immer noch taghell.

11.

Wir überholen einen der »Hair«-Touristenbusse. Ein paar Minuten später kommen wir zum Musical-Dome. In einer halben Stunde fängt die Vorstellung an – auf einer riesigen Leuchtreklame werden die Minuten bis zum Beginn der Vorstellung runtergezählt. Sascha dreht noch einmal und parkt den Toyota gleich in der Nähe des Dome.

Mark will wissen, warum wir anhalten.

»Ihr werdet schon sehen«, sagt Sascha und öffnet die Tür.

Als wir ebenfalls aussteigen wollen, zögert Sascha. Wir setzen uns alle wieder. Keiner traut sich, vor ihm auszusteigen. Das Zögern dauert nur einen Augenblick, aber die Geste reicht aus, damit allen klar wird, dass hier nur einer das Sagen hat.

»Steigt endlich aus! Da vorn müsste gleich der Bus mit den Musical-Rentnern um die Ecke kommen.«

Als wir aussteigen wollen, hält Sascha uns noch einmal auf: »Ihr habt was vergessen, Kameraden. Guckt mal in die Tüte da hinten.«

Es ist warm unter der Sturmhaube, die ich mir aus der Tüte gegriffen habe. Die Wolle kratzt wie der Teufel. Der Schweiß rinnt mir in feinen Adern vom Gesicht in den Nacken und über den Hals. Ich war noch nie in der Sauna, aber genau so muss es sich dort anfühlen.

Tobias und Mark laufen dem Bus entgegen und schreien: »Halt! Anhalten!« Der kleine, rundliche Mann, der wie ein Pilot in dem gläsernen Cockpit sitzt, tritt auf die Bremse, obwohl Tobias und Mark Sturmhauben tragen. Wäre ich an seiner Stelle, würde ich gnadenlos auf sie zubrettern, damit sie abhauen. Es ist doch klar, dass die beiden nichts Gutes im Schilde führen. Das ist so, als ob sich in einem Western die Banditen vor den Zug stellen und der Lokführer trotzdem seinen Zug anhält – verrückt.

Ich gehe hinter meinen Kameraden her. Was ich genau machen soll, weiß ich nicht. Keiner von uns weiß das. Nur Sascha, er hat uns ja auch den Befehl gegeben, den Bus zu stoppen. Von der Seite stößt Sascha zu uns, seine Schritte sind ruhig, als habe er auf den Auftritt gewartet, als sei jede Bewegung einstudiert. Seine Sturmhaube ist bläulich, unsere sind schwarz. Passanten sehen zu uns herüber, Wagen stehen am Bordstein. Es sind die Kutschen der Väter und Mütter, die hinter den Gardinen und mit ihren Kindern vor der Glotze hocken, um den Abend einzuläuten. Wieder ein Tag rum. Meine Eltern warten sicher auch auf mich. Aber ich habe zu tun. Der Fahrer scheint endlich zu ahnen, dass ihm und seinen Passagieren Unheil droht.

Tobias schmeißt einen Stein in die Windschutzscheibe. Verbundglas. Doch der Stein durchschlägt trotzdem das Glas wie eine Handgranate. Die Passagiere schreien auf. Ihre Stimmen dringen durch alle Ritzen. Das ist eine Panik wie bei einem Flugzeugabsturz. Fehlen nur noch die Sauerstoffmasken, die vom Himmel fallen.

Sascha tritt an den Bus heran und ruft dem Fahrer entgegen: »Lass die Tür zu!« Er solle nur zuschauen, was jetzt passiert. Dann dreht sich Sascha zu mir um und sagt: »Fang!« Er wirft mir eine Sprühdose zu. Wo hat er die her? »Du sollst ein Maler und Lackierer sein. Zeig mal, was du draufhast.«

Ich fange die Dose. Die Farbe ist schwarz.

»Was ist?«, schreit Sascha mich an. »Los!«

Ich soll etwas auf den Bus sprühen? Was denn? Der Busfahrer scheint mein Zögern zu spüren. Als wolle er das Schicksal heraufbeschwören, zieht er eine Pistole aus dem Handschuhfach. Ich kann jetzt nicht einfach wegrennen, sondern seh ihm in die Augen, geh auf ihn zu. Ich bin ruhig. Ich bin konzentriert. Der Busfahrer zielt mit der Pistole durch die Scheibe auf meinen Kopf. Ich hebe die Sprühdose, halte sie hoch. Als ich den Bus erreicht habe, sprühe ich einen runden Punkt auf die Scheibe, genau dorthin, wo der Fahrer seine Pistole hat. Er schießt nicht.

»Der Wichser hat nur eine Gaspistole!«, ruft Sascha. »Mit der kann er nichts tun. Dafür müsste er schon aus seinem Käfig kommen.«

Ich höre ein zischendes Geräusch. Die Bustür schiebt sich zur Seite. Der fettleibige Kerl hat nicht genug Respekt vor mir und der Gaspistole. Er steigt aus und sieht mir in die Augen. Gleich wird er abdrücken.

Ich sage: »Wenn du heute Abend den Nigger siehst, wenn er singt, dann grüß ihn. Wir werden ihn zurück nach Niggerland bringen! Der hat hier nichts zu suchen.«

Der Busfahrer drückt nicht ab, aber ich – ich sprühe ihm die Farbe ins Gesicht. Er schreit auf vor Schmerz. Der Lack brennt ihm in den Augen. Farbe zerfrisst dir die Netzhaut, bis du nichts mehr sehen kannst. Blind vor Farbe. Schwarz wie die Nacht. Mein Vater hat mal beim Lackieren Farbe in die Augen bekommen.

Ich hör Saschas feste Stimme: »Abmarsch.« Dann schreit er laut in den Bus: »Wir kommen wieder!«

Mark jedoch scheint noch nicht genug zu haben. Während Sascha, Tobias und ich uns gerade abwenden, geht er zu dem auf den Knien winselnden Busfahrer, der sein Gesicht festhält und ruft: »Meine Augen, meine Augen!« – und tritt ihm ins Gesicht. »Vergiss den Nigger nicht! Vergiss ihn nicht!« Und noch ein Tritt, damit er es nicht vergisst. Früher haben die Väter ihren erstgeborenen Söhnen an der Grenze ihres Landes unvermittelt eine Ohrfeige verpasst, damit sie die Stelle nie wieder vergessen, wo ihr Land endet. Der Schmerz und das Gedächtnis sind Brüder genau wie Respekt und Angst.

Der Busfahrer flennt. Wir ziehen ruhig und siegessicher weiter wie ein unverwundbarer Schwarm Apache-Hubschrauber, der schon wieder einen neuen Haufen irrer Taliban auf dem Schirm hat.

Der Toyota zieht an.

Wie lange habe ich dumm in der Schule gehockt und darauf gewartet, dass etwas Bedeutendes geschieht. Nun passiert endlich was in meinem Leben und es kommt aus keinem Katalog. Keine Fernreise, kein Neckermann, kein TUI, nicht der übliche Kram, mit dem sie dich ruhigstellen, kein Kredit, mit dem sie dich überziehen, damit du dir ein fettes Auto kaufen kannst, kein Musical, das dir vorgaukelt, du würdest etwas erleben. Keine Tankfüllung

Freiheit, sondern Leben. »Ich will nichts erleben, ich will was tun«, sag ich halb laut. »Und ich tu was.«

Sascha nickt mir zu.

»Ja, du tust was.«

Kaum dass wir um die Ecke sind, fragt Tobias und streicht sich über die Glatze, auf der in kleinen Perlen Schweiß liegt: »Was sagt ihr zu unserem Frischling?« Er sieht mich dabei gütig an.

»Ein starkes Stück war das«, sagt Sascha. »Der Busfahrer wird vorerst nur noch Schwarz sehen.«

Ich sage: »Der hatte einen polnischen Akzent.«

»Wieso?«, fragt Mark. »Hab ich gar nicht gehört.«

»Er hat ja auch nichts gesagt, du taube Nuss«, sagt Tobias und lacht Mark aus. »Der Junge hat dich verarscht.« Dabei klopft er mir auf die Schulter. Mark selbst muss auch drüber lachen. »Vielleicht war ja das Gewinsel polnisch. Ein Deutscher hätte sich das nicht bieten lassen. Ein Deutscher winselt nicht.«

»Außer der Schwuchtel von Mauritz vielleicht«, ergänzt Sascha. Wir lachen wieder.

»Warum hattest du die Sturmhauben dabei?«, frage ich Sascha. »War das alles schon vorbereitet?«

»Improvisation ist, wenn niemand die Vorbereitung bemerkt«, sagt er. »Ich bin euer Schicksal, deshalb hat mir der liebe Gott den Verstand gegeben.«

12.

»Na siehst du, Mark, der Fahrer war wirklich kein Pole. Oder klingt Bernhard Krantz nach Warschau?« Sascha hält die Zeitung in Händen und liest: »Nazi-Angriff auf ›Hair‹-Bus. Fahrer ist fast erblindet, Hauptdarsteller des Musicals ›Hair‹ wurde bedroht, kein Ende der rechten Gewalt in Sicht. Imageschaden für die Stadt ist gewaltig.« Sascha blickt von der Zeitung auf und sieht mich stolz an: »Besser kann man es nicht machen. Das ist dein Artikel, Marvin. Das ist die beste Werbung für uns.«

Ich habe die Nacht in der Wohnung verbracht und bin nicht nach Hause gegangen. Wenn ich gestern Abend nach Hause gegangen wäre, hätte ich mich sicher mit Mama gestritten. Sie ist so zerbrechlich. Zudem hatte ich gehofft, Marga würde im Quartier auftauchen und ich könnte ihr womöglich den Würfel schenken.

Sascha geht mit der Zeitung auf und ab. Ich fühle mich gut. Einzig die Geschichte mit dem Busfahrer ist mir unheimlich. Hätte nicht gedacht, dass der Mann durch den Einsatz der Sprühpistole womöglich blind werden könnte. Sie schreiben, er werde zurzeit in der Augenklinik von M behandelt. Gott sei Dank hat dieses öde Kaff zumindest ein gutes Klinikum. Morgen müsse er noch einmal operiert werden. Scheißfarben. Wozu brauchen wir überall Farbe? Die Polizei sucht nach vier mutmaßlichen »Mitgliedern aus der rechten Szene«. Glauben die, wir zahlen Mitgliedsbeiträge in eine Vereinskasse? Wir sind eine Kameradschaft. Die Beschreibung von uns lautet: »Jeans, Sturmhaube und alle trugen schlichte dunkle Shirts.« Sascha ist begeistert: »Nach der Beschreibung werden die uns nie dingfest machen, wenn nicht einer von euch blöde quatscht.«

»Wir müssen unsere Drohung wahr machen«, sag ich. »Dieser Sänger …«

Da unterbricht mich das Klingeln von Saschas Handy. Er schaut aufs Display. »Guido«, sagt er. »Hat sicher Zeitung gelesen.« Sascha geht ran, und wir hören zu: »Hör mal, Guido. Du hattest keine Idee, sondern es war eine Notwendigkeit, dem Nigger eins aufs Maul zu hauen. Dabei ist es vollkommen egal, wer die Drecksarbeit erledigt. Ich hatte übrigens eben gedacht, als ich das im *Boten* las, du hättest mit deinen Kameraden den Bus überfallen. Aber offensichtlich bist du es ja auch nicht gewesen, sonst würdest du mich nicht anrufen … Wir sind jedenfalls gestern Abend nach dem Boxen gleich zu uns ins Quartier gefahren und haben noch ein bisschen palavert und was gekippt.«

Für einen Moment hört Sascha zu, dann sagt er: »Ach ja, stimmt. Du musstest dich erst mal um deinen verletzten Mauritz kümmern … Wie, er liegt im Krankenhaus? So fest hab ich ihn doch gar nicht bearbeitet. Scheint doch eine Tunte zu sein.«

Kurz darauf verabschiedet sich Sascha. Sie wollen sich in den nächsten Tagen noch einmal treffen. Es geht jetzt wohl um einen Italiener, der abkassiert werden müsse, der sich aber bislang standhaft weigert. »Vielleicht schicke ich ihm Marvin vorbei, dann zahlt er garantiert.« Sascha sieht aufmunternd zu mir rüber.

Ich lächle, obwohl mir nicht danach ist.

Ich warte, bis Sascha das Gespräch beendet, und frage: »Warum hast du mir nicht gesagt, dass ihr den Vietnamesen erpresst?«

»Hey, Kamerad, du wirst ja ganz rot. Du musst keine Angst haben. Du kannst solche Fragen ruhig stellen. Bei uns darf jeder sagen, was er will«, erklärt Sascha.

»Also?«, frag ich.

»Also was?« Sascha kommt drohend auf mich zu. »Was glaubst du eigentlich, wovon das hier alles bezahlt ist? Die verlangen verdammt viel Miete für das Loch. Was glaubst du, wer den Rechner bezahlt, den Strom und dein Bier? Was glaubst du?« Dabei tippt er mir mit Nachdruck gegen die Schulter.

»Der Vietnamese?«, frag ich.

»Jetzt beiß dich da nicht fest.«

»Aber ich dachte, ich sollte ihn einschüchtern, damit er abhaut.«

»Warum sollten wir nicht zwei Fliegen mit einer Klappe schlagen? Wir erpressen die Kanaken und vertreiben sie gleichzeitig. Ist doch ein Deal. Oder?«

»Und warum hast du mir nichts davon erzählt?«

»Hörst du mir eigentlich nicht zu … zwei Fliegen mit einer Klappe! Du hättest früher oder später sowieso mal einen Kanaken klatschen müssen und das Schlitzauge hatte die Abreibung obendrein noch verdient. An dem konntest du dich üben. Training, verstehst du?«

Ich schweige. Sascha konnte doch gar nicht wissen, dass

ich den Vietnamesen schlage. Das war überhaupt nicht mein Auftrag. Für einen Moment ist es still.

Da klopft mir Sascha ermutigend auf die Schuler. »Hey, du bist keine Jungfrau mehr. Bist jetzt einer von uns. Kopf hoch, Kamerad. Das müssen wir feiern. Spätestens nach dieser Geschichte mit dem Busfahrer« – er deutet wieder auf den *Boten* – »ist hier keiner mehr, der dir was vormachen kann. Jetzt kriegst du vollen Einblick in jede unserer Aktionen. Der Welpenschutz ist damit offiziell aufgehoben.«

Ich sehe in nickende Gesichter. Ich sollte mir vielleicht wirklich nicht so viele Sorgen machen.

»Umdenken, Mister. Umdenken, Mister. Und zwar schnell, und zwar radikal«, singt Sascha. »Kennst du das Lied?«

»Nein.«

»Franz Josef Degenhardt«, sagt Sascha. »Der hat früher für die Linken gesungen, aber wir sind linker als die. Er hat es nur nie geahnt. Der hat schon vor dreißig Jahren gesungen, dass der Arbeiter im Jahr 2000 ein Nomade sein wird und für eine gute Arbeit überall hingeht. Diese Linken sind manchmal gar nicht so blöd, aber immer ein bisschen naiv. So wie Eltern, die glauben, sie könnten mit ihren Kindern diskutieren. Das geht nicht. Du musst denen sagen, wo es langgeht, sonst verlaufen die sich. Wir tun es für die andern, aber die sind zu blöd, es zu kapieren. Irgendwann einmal werden sie verstehen, dann werden sie uns dankbar sein. Oder sollen wir alle Vagabunden werden, nur weil das Kapital unsere Arbeitsplätze vernichtet und woanders aufbaut? Soll ich etwa nach Polen oder China ziehen?«

Ich sage: »Was sollen wir denn jetzt mit dem Sänger machen?«

»Meinst du den Nigger?«, fragt Tobias, der sich ein Weizenbier eingießt und sich darauf konzentriert, dass der Schaum nicht über den Glasrand hinaussteigt. Er erhält für seine dämliche Frage von Sascha einen zärtlichen Schlag auf die Glatze. Dann sagt Sascha ironisch langsam, als müsse er die Worte sortieren, damit sie in der richtigen Reihenfolge aus seinem Mund kommen: »Es geht um den Ausländer, der ein Neger ist und der bei ›Hair‹ auftritt und dem wir durch einen Busfahrer haben ausrichten lassen, dass er zurück in den Busch soll, um da mit den Affen auf den Bäumen zu singen.«

Wir lachen. Sascha setzt wieder ein ernstes Gesicht auf, sieht erst mich und dann Tobias an. »Der Junge denkt mit, Kamerad. Marvin steckt uns irgendwann alle in die Tasche. Er hat recht, wir müssen schnell handeln und an den Neger denken. Sonst bekommt der noch Polizeischutz.«

Ich sage: »Wir müssen schleunigst was tun, sonst nistet der sich hier ein. Die spielen dieses Musical jahrelang.«

»Weiß nicht«, sagt Mark. »Was ist, wenn er schon Polizeischutz hat?«

»Feigling«, sag ich. Es ist mir rausgerutscht. Mark sieht mich vernichtend an, selbst Tobias blickt von seinem Bier auf.

»Na, na«, sagt Sascha beschwichtigend. »Jetzt mach mal halblang, Kamerad. Du hast zwar Großes geleistet, aber du kennst deine Kameraden scheinbar noch nicht gut genug, sonst würdest du so einen Spruch nicht bringen. Wenn Mark eines nicht ist, dann ein Feigling.«

»Hab's nicht so gemeint«, entschuldige ich mich und klatsche bei Mark ein, der sich dafür kurz vom Polster erhebt.

»Ist schon okay«, sagt er nachgiebig.

Sascha drückt ihn von hinten wieder ganz runter ins Polster. »Genug. Es reicht. Euer Gelaber bringt uns nicht weiter. Dieser Nigger kriegt ohnehin viel zu viel Aufmerksamkeit von den Medien. Wir müssen kurzen Prozess mit ihm machen.«

Mich hält es auch nicht mehr im Polster. Ein wenig Angst hab ich schon, dass uns die Polizei auf die Schliche kommt. Immerhin scheint mir Mark nicht gerade der Intelligenteste zu sein. Womöglich redet er zu viel. Mit meinem Vater hat er ja auch jede Menge gesprochen. Ich gehe an Sascha vorbei zur Balkontür.

»Genutzt hat es nichts«, sag ich.

»Was meinst du damit?« Sascha kommt zu mir und legt seine Hand auf meine Schulter.

»Da steht schon wieder ein Reisebus von ›Hair‹. Die lassen sich nicht stoppen. Der Welt geht der Sprit aus und die tanken und tanken.«

»Wenn der Neger nicht mehr tanzen kann, wird auch nicht mehr getankt. Dann kriegen sie Angst, glaub es mir. Dann fallen alle Vorstellungen flach. Lass uns die Sache zu einem guten Ende bringen.«

Der Tankwart kommt aus seinem Store, der einem Supermarkt gleicht. Er unterhält sich mit dem Fahrer an der Zapfsäule. Im Gegensatz zu den sonstigen »Hair«-Bussen ist dieser zweistöckig. Auf der Kiste stehen die Worte *Flower & Power & more* – wie ein Versprechen in den Farben des Regenbogens. Sie betanken den Bus mit irgendwas, auf das Sascha, Tobias, Mark und ich nicht mehr hoffen wollen. Es muss etwas wie Regelmäßigkeit sein, irgendwas langweilig Alltägliches, das sie zum Ziel bringt. Da werfe ich lieber die Würfel oder spiel Poker. Ich habe mal »Hair« im Fernsehen gesehen. Das war aufregend wie Kernseife. Eine Gruppe Kiffer, die auf das Zeitalter des Wassermanns hoffen. Lächerlich. Es ist eine Mischung aus Barbie-Puppe und Abba-Revival-Show. Was an diesem Musical cool sein soll, habe ich nicht begriffen und begreife es bis heute nicht. Das ist die Geschichte von ausgeflippten Schießbudenfiguren, die sich einbilden, singen zu können, und Mick Jagger toll finden. Die ganze Popkultur ist scheiße – jeder soll mitklatschen, alle sollen alles super finden, aber am Ende soll es auch noch anspruchsvoll sein. Das geht nicht. Mehrheit und Anspruch, das funktioniert nicht. Die Mehrheit ist immer dämlich. Es ist das Mittelmaß, das kann nicht übermäßig sein. Es liegt in der Natur der Sache. Deshalb braucht die Mehrheit jemanden, der ihr sagt, wo es langgeht, sonst läuft sie nur im Kreis.

»Also. Was schlägst du vor?«, frage ich Sascha.

Er beäugt mich kritisch.

Hab ich was Falsches gesagt oder getan? Mag er die Frage nicht? Oder will er überhaupt keine Fragen? Fragen drängen ihn in die Rolle des Antwortenden. Er würde auch antworten, aber nur auf selbst gestellte Fragen, nicht auf meine Fragen. Der Lehrer will keine Fragen beantworten, sondern Fragen stellen.

»Das frage ich dich«, sagt er.

Ich sehe zur Tanke. Der Schlauch müsste dicker sein,

um den riesigen Bauch des Busses schneller auffüllen zu können, so wie bei einem Formel-1-Rennen. Seit Minuten stehen der Fahrer und der Tankwart dort unten und nichts scheint sich zu verändern. Die schwarze Milch läuft unsichtbar von Tank zu Tank. Manche Veränderungen siehst du nicht, obwohl sie am Ende etwas bewegen. Das Wetter ist wie jeden Tag: blau, nur ein paar Schäfchenwolken durchwandern den Himmel wie eine Herde verschlüsselter Botschaften.

»Warum tanken die immer da unten? Warum fahren die nicht zur Aral?«

Sascha weiß es nicht, Tobias und Mark auch nicht.

»Warum fragst du so einen Scheiß?«, will Mark wissen. »Interessiert dich das wirklich?«

»Nur so«, sag ich und lege gleich die nächste Frage nach: »Wie lange dauert denn dieses Musical immer?«

Wir wissen es nicht und in der Zeitung steht auch nichts. Da ist nur aufgeführt, wann die Vorstellungen beginnen, nicht ihr Ende. Ich ruf bei der Hotline von »Hair« an. Die wollen Tickets verkaufen, dann rufen wir direkt beim Dome an. Tatsächlich erhalten wir die Auskunft, dass das Musical jeden Abend halb zwölf vorbei ist – inklusive Applaus.

»Der Neger ist dann sicher um Mitternacht fertig mit Abschminken«, sagt Sascha, der wieder das Gespräch übernimmt. Der Kapitän ist zurück auf der Brücke. »Wir müssen ihn vor der Tür vom Bühnenausgang abpassen.«

»Und wenn er nicht allein ist?«, fragt Tobias, der das Weizenbier mittlerweile intus hat und rülpst. »Ich hab keinen Bock, wegen eines solchen Bimbos in den Knast zu marschieren. Zeugen können wir keine gebrauchen. Es gibt wichtigere Dinge.«

»Das hier ist das Wichtigste für dich in deinem Leben. Ist das klar?« Sascha geht auf Tobias zu, der auf der Couch immer kleiner wird und die Füße vom Tisch nimmt. Er scheint sich regelrecht im Polster wegdrehen zu wollen. Sascha ist sauer, seine euphorische Stimmung von vorhin ist wie weggeblasen. Er versucht, die Zügel wieder ganz an sich zu ziehen. Er ist angespannt wie ein Pavianmännchen, dass sich das Rudel weiter untertan halten möchte – zubeißen heißt die Devise. Er geht auf und ab zwischen Tisch und Fenster wie ein Grenzer.

»Wir müssen ihn abpassen«, wiederholt er. »Das steht fest. Zwei Schläge mit dem Baseball und der Neger ist platt.«

Keiner wagt, Sascha zu widersprechen. Es ist aber auch zugegebenermaßen ein einfacher Plan. Und die einfachsten Strategien sind ja bekanntlich die effektivsten. Wer zuerst schlägt, hat gewonnen. Das haben auch die Juden gelernt, deshalb hauen die heutzutage gleich zu, wenn ihnen einer blöd kommt.

»Jetzt hör endlich diese Scheißsauferei auf!«, schreit Sascha Tobias an, der sich aus dem Kasten ein neues Weizen angelt. »Musst du denn immer saufen?«

»Warum bist du eigentlich so nervös?«, will Tobias wissen und setzt das Feuerzeug an den Kronkorken. »Du kommst mir vor wie so ein Muslim. Die regen sich auch über jede Scheiße auf, die der Papst sagt.« Der Kronkorken springt ab.

»Ja genau, warum bist du so aufgeregt?«, fragt Mark.

»Weil ich langsam befürchte … ach egal.«

»Gut«, sag ich, um das Gespräch auf das Thema »Hair« zurückzubringen. »Der Schläger ist ja wieder sauber, da gehört nach dem Chinesenblut …«

»Vietnamesenblut«, korrigiert mich Tobias, der sich das Bier einschenkt. »Merk dir das. Nicht alle Schlitzaugen sind Chinesen, nur alle Schlitzaugen sind verkehrt hier.«

Ich nicke. »Okay. Das Vietnamesenblut ist weg, jetzt suchen wir uns eine neue Farbe. Mal sehen, wie es in dem Schwarzen aussieht.«

Sascha sieht mich erstaunt an. Für einen Moment ist es still, als überlege er, ob wir über meine Bemerkung lachen dürfen. Dann lacht er, und alle lachen und trinken mit Sascha einen Klaren, den er uns einschenkt.

Wir hängen wieder ab.

»Der Junge könnte dir wirklich gefährlich werden«, sagt Tobias unvermittelt in die Ruhe und nippt an seinem Weizen. »Marvin hat echt was drauf. Vielleicht sogar mehr als du selbst. Das ist gefährlich für einen Anführer.«

Sascha bleibt kühl. Tobias ist unberechenbar. Was hat er vor? Will er Sascha auf mich hetzen?

»Ich bin so gefährlich wie ein Dosenöffner«, sag ich und stelle mich demonstrativ zu Sascha ans Fenster. Wir stehen Schulter an Schulter. Neben ihm seh ich aus wie der Hering neben dem Killerwal.

»Du bist richtig«, sagt er. »Genau richtig.« Er drückt mir einen kameradschaftlichen Kuss auf die Stirn. »Also, Kameraden, ich muss jetzt los. Hab noch was zu erledigen. Ab 21 Uhr sammle ich alle ein. Haltet euch bereit.«

»Wir bleiben noch hier«, meint Tobias, und Mark nickt.

»Und du?«, fragt mich Sascha.

»Ich muss nach Hause, brauch ein paar neue Klamotten und eine Mütze Schlaf.«

Auf dem Weg zum Aufzug frage ich Sascha: »Wo ist eigentlich deine Schwester?«

»Nicht da.«

»Und wo könnte sie sein?«

Er geht nicht auf meine Frage ein, sondern fragt seinerseits: »Soll ich dich nach Hause fahren?«

13.

Weder Vater noch Mutter sind daheim. Ich lege den *Boten* auf den Küchentisch – mit dem Artikel über den Busüberfall zuoberst. In meinem Zimmer baumelt der Sandsack von der Decke. Er bewegt sich leicht, wie von Geisterhand angeschoben, so als wehe ein Luftzug durch den Raum. Aber da ist kein Wind, das Fenster ist geschlossen, die Tür hinter mir zu. Der Sack baumelt. Das Pendel einer Uhr. Ich wische meine Gedanken weg und nehm den Talisman, lasse ihn an der Kette hin und her schwingen.

Das Fenster ist schmutzig. Meine Mutter wäscht nie die Scheibe. Sie sagt, ich sei alt genug dafür. Ich solle es selber machen. Ein Mann kann nicht alt genug sein, um Fenster putzen zu müssen. Je älter ein Mann wird, desto unwahrscheinlicher ist es, dass er eine solche Hausarbeit übernimmt. Ich lasse mich rücklings aufs Bett fallen, wie mein Vater sich auf mich hat fallen lassen.

Für eine Sekunde stockt mir der Atem, weil mein Vater wie ein Schatten über meinen Gedanken schwebt und mich ersticken will. Es ist, als sei ich in einem dunklen Sack eingesperrt. Jemand tritt mich mit Füßen und schlägt auf mich ein. Ich kann mich in diesem Sack einfach nicht wehren, weil ich keinen Platz hab. Das Sackleinen ist kratzig, der Stoff staubig. Der Staub dringt in meinen Mund, das Atmen ist schwer, die Luft ist übervoll von dem Staub. Ich öffne die Augen. Mein Blick fällt auf den Sandsack, der von der Decke hängt wie der Kokon eines Schmetterlings. Das Licht ist klar und es ist warm, viel zu warm. In Italien und Spanien wird schon jetzt das Wasser knapp. Was soll erst im Hochsommer passieren? Werden in Griechenland die Wälder brennen? Oder wird Sizilien eine Wüste? Die Falter sind alle schon geschlüpft. Der Klimawandel hat nichts damit zu tun, dass es jetzt ein paar Grad wärmer ist als im vergangenen Jahr zur gleichen Zeit. Der Klimawandel kommt langsam. Wir müssen ihn aufhalten. Wir müssen etwas gegen das Sterben tun. Wir müssen dafür sorgen, dass die Menschen des Südens im Süden bleiben. Wir sollten auch nicht nach Norwegen, Schweden oder Finnland auswandern. Wir sollten hierbleiben, denn hier gehören wir hin.

Ich bleibe liegen und träume mich weg.

Ich sehe einen Mann auf einer Kugel. Es ist eine Maschine, auf der er sitzt. Sie dreht sich langsam und eintönig. Er hält einen Hebel in der Hand und versucht, die Maschine zu steuern. Aber es fällt ihm schwer. Er ist ein breitschultriger Kerl, der alles unter Kontrolle hätte, hinge nur alles von ihm ab. Aber da sind andere Ingenieure und Arbeiter, die ihm durch Röhren zuflüstern, was er zu tun hat, die ihm gute und schlechte Ratschläge geben. Sie suchen alle ihren kleinen Vorteil. Nur der Mann auf der Maschine sucht den besten Weg für alle. Er glaubt, er könne es allen recht machen, wenn er auf sie hört. Die andern sitzen hinter einer Glasscheibe, sehen zu ihm hinaus und reden in die Schläuche. Ich habe das Gefühl, auf der Kugel zu hocken, auf dieser sich ewig drehenden Kugel, mit der ich jetzt gegen die Wand …

Ein Geräusch lässt mich aus dem Schlaf aufschrecken. Ich weiß nicht, was da so laut geknallt hat. Es ist noch immer ganz hell draußen. Wie lange hab ich geschlafen?

»Marvin?«

Meine Mutter steht in der Tür: »Besuch für dich. Hier will dich jemand abholen.«

»Abholen?«, frage ich ungläubig.

Es ist Mark. Er steht im Türrahmen.

»Du hast verpennt«, sagt er. »Sascha hat doch gesagt, du sollst Punkt neun vor der Tür stehen und nicht in der Heia liegen.«

»Warum habt ihr mich nicht angerufen?«

Er zuckt mit den Schultern. »Egal – so hab ich wenigstens deine Mutter kennengelernt.«

Meine Mutter beobachtet ihn wie ein Tier. Das Piercing ist ihr unheimlich. Nur Ochsen haben Ringe, und zwar in der Nase, sagt sie immer. Ich steh auf und will mit Mark schleunigst weg, aber sie lässt uns nicht gehen, sondern fragt, im Flur stehend: »Sind Sie einer von Marvins neuen Freunden?«

Muss sie mir das jetzt antun?

»Wir sind alle seine Kameraden«, sagt Mark.

»Wie meinen Sie das?«

»Wie ich es sage«, antwortet er. »Wir sind Kameraden.«

Sie verabschiedet sich nicht von uns, sondern geht wortlos in die Küche. Was soll ich machen? Warum sagt sie nicht schlicht Tschüss oder irgendwas in der Art? Ich kann doch nicht einfach so gehen. Ehe meine Gedanken zur Ruhe kommen, steht Mutter schon mit der Zeitung vor uns. »Habt ihr das gelesen?«

Mark sieht mich fragend an.

»Haben wir«, sagt er.

»Das wird immer schlimmer«, sagt meine Mutter.

»Aber langsam kriegen wir die Neger weg«, sagt Mark.

Meine Mutter hat es sicher anders gemeint, doch sie lässt sich nicht anmerken, wie geschockt sie ist. Warum ist Vater nicht hier? Ist der im Ochsen?

»Er kennt Papa«, sag ich. »Papa und er haben sich schon unterhalten.«

»Ihr Mann hat nur Gutes über Ihren Sohn erzählt. Es tut mir leid, dass Ihr Mann wegen eines Polacken arbeitslos geworden ist.«

»Er hat zu viel getrunken, deshalb ist er vom Gerüst gestürzt.«

Meine Mutter hält immer noch die Zeitung in Händen. Will sie weiter mit uns reden? Über was? Es ist doch alles klar. Ich seh ihr in die Augen, aber ich kann in dem Grün nicht erkennen, was sie denkt. Sie streckt ihre Hände aus und will mir das Hemd gerade ziehen, um es mir danach in die Hose zu stecken. Doch ich weiche zurück: »Wir müssen jetzt, Mama. Die andern warten sicher unten im Wagen.« Ich würde meiner Mutter am liebsten einen Kuss auf die Wange geben.

»Morgen gehst du wieder zur Schule«, sagt sie in befehlendem Ton. Sie sagt es zu einem kleinen Jungen.

Mark spricht für mich: »Wenn nichts Wichtigeres anliegt, kann er gehen.« Er zieht mich am Hemd und meint: »Steck's in die Hose, sonst wirkt das schlampig.«

Ich stecke das Hemd in die Hose und sie streichelt mir über den Kopf.

14.

Der Toyota ist rappelvoll. Guido und seine Kameraden sind auch dabei. »Hab schlagkräftige Verstärkung mitgebracht«, sagt Sascha. »Bloß für den Fall, dass schon ein Bulle da ist, der den Urwaldmenschen beschützen soll.«

Die haben tatsächlich vor, den Sänger auch dann zu vertrimmen, wenn er schon Polizeischutz hat. Guidos Kameraden haben Alu-Baseballschläger mit Gummigriff dabei. Guido selbst spielt an der Lederschlaufe seines schwarzen Knüppels. Die Klamotten müssen sie übers Internet in einem britischen Armeeshop gekauft haben. Sascha hat zwei Eisenstangen zwischen sich und den Beifahrersitz gelegt, auf dem Tobias sitzt. Die Haare an seiner Glatze wachsen schon wieder nach und schimmern ein wenig bräunlich im Licht der untergehenden Sonne.

Sascha dreht sich zu mir nach hinten und zeigt unter meine Sitzbank: »Für dich.« Damit meint er meinen Baseballschläger mit dem blauen Griff, den ich schon beim Vietnamesen dabeihatte.

Wir fahren los. Die Schiebetür rappelt, ich drück sie noch einmal fest zu und hebe den Schläger an. Er liegt gut in der Hand. Das Holz ist warm und hart. Guido und seine Kameraden quatschen wie die Weiber bei QVC, die dir irgendwelche sinnlosen Porzellanpuppen oder einen Messerschärfer verkaufen wollen.

»Wie geht es eigentlich Mauritz?«, frage ich Guido, doch statt seiner antwortet Sascha: »Der liegt noch im Krankenhaus. Wir haben ihn eben besucht.«

Das war also der Grund, warum Sascha vorhin so dringend wegmusste.

»Und?«

»Er ist nicht mehr bei uns. Er ist jetzt ganz müde.«

»Was soll das heißen?«

Mark flüstert mir ins Ohr, dass Mauritz nicht nur geldgierig gewesen sei, sondern obendrein ein Spitzel. Er habe die Aktion beim Vietnamesen den Leuten vom Verfassungsschutz für 150 Euro verraten. Er zeigt auf Guidos Schläger. Blutreste. »Krankenhausbesuch«, sagt er vielsagend. »Du bist jetzt sicher auch bei den Verfassungsschützern registriert. Deinen Namen hat er ihnen garantiert gesteckt, die Sau. Doch glaub mir, Mauritz tut keinem mehr was. Der schweigt.«

Haben sie ihn umgebracht?

»Guck nicht so geschockt«, mischt sich Guido in unser Gespräch. Er steckt seine Hand durch die Schlaufe des Knüppels und lässt das Ende in der anderen Hand federn. »Er hat nur eine Abreibung gekriegt, die ihn noch ein paar Tage im Krankenhaus festhalten wird.«

Wenn die vom Verfassungsschutz wissen, dass ich den Vietnamesen mit dem Baseballschläger geklatscht habe, werden sie mich suchen und über kurz oder lang verhaften. Ich war noch nie im Gefängnis und ich will nicht dahin. Da sitzt du nicht mehr im Toyota-Kastenwagen, sondern im vergitterten Mercedes-Bus. Am liebsten würde ich aussteigen, hier und jetzt.

Doch die Schiebetür bleibt zu. Ich werde sie nicht zur Seite drücken. Ich käme ohnehin nicht weit. Draußen ist es dunkel, und alle hier sind bis an die Zähne bewaffnet wie Eskimos, die Seerobben erschlagen. Ich habe mal eine Doku gesehen, wo zwei Eskimokinder ganz genüsslich das warme Herz einer Robbe gegessen haben. Jeder Mensch ist anders, aber alle sind Tiere.

Der Musical-Dome ist angestrahlt, über der Elbe ist es dunkel. Nur die Lichter des Dome scheinen auf den Fluss, liegen wie feste weiße Punkte auf dem Wasser, als könne man darüber auf die andere Elbseite laufen wie über Eisschollen. Warum reißt das Wasser das Licht nicht mit sich?

»Wo ist der Bühneneingang?«, fragt Guido, als wir um den Dome kurven.

Sascha blinzelt ihm zu. »Verlass dich auf mich.« Er hat bestimmt bei Google Earth alles ausgekundschaftet. Sascha hat mir erzählt, dass die Amis, als die Iraker Kuwait angriffen, schon Tage vorher über Satellit sehen konnten, wie die irakischen Truppen an der Grenze aufmarschiert sind, um zuzuschlagen – hunderttausend Soldaten, Panzer und der ganze Kram waren unterwegs. Doch die Amis haben keinen einzigen Soldaten zur Verteidigung nach Kuwait geschickt, obwohl sie vom Angriff wussten. Das wäre auch uncool gewesen. Sie wussten, was passiert, aber sie haben gewartet, sie haben die Dummheit der Fernsehzuschauer und unserer dämlichen europäischen Politiker ausgenutzt, die sich einreden lassen wollten, dass die Iraker einfach ohne Vorwarnung plötzlich in der Nacht über die Grenze in den Ölstaat eingefallen seien – nur weil CNN ihnen da die ersten Bilder geliefert hat. Und wenn uns einer das Öl für unsere Karren nehmen will, dann werden wir wild. Das ist klar. Das wussten die Amerikaner. Das war alles eine riesige Show.

Sascha hasst die Amis und er bewundert sie zugleich. So muss es den Germanen sicher auch mit den Römern gegangen sein. Wer Macht hat, der wird gehasst, weil die andern ihre eigene Ohnmacht nicht ertragen. Deshalb hassen alle die Juden, weil die immer eine Ecke cleverer und oft auch reicher sind als die andern. Aber warum wir uns auf Google Earth die Mohnfelder in Afghanistan ranscannen können und trotzdem keiner diese Felder einfach niederbrennt, kapier ich nicht. Sascha stellt sich solche Fragen, und die einzige Antwort, die ein klarer Verstand darauf finden kann, lautet: Niemand will die Felder vernichten, alle hängen mit im System. Das System selbst ist amoralisch, weil da kein Kopf ist, der das Gute im Sinn hat, sondern es sind viele faule stinkende Köpfe, die nur ihren Profit im Visier haben. Wer will schon das Kokain oder das Marihuana vernichten, wenn er selber daran verdient? Ob das nun in Afghanistan ist oder in M. Der Profit diktiert alles und meine Mutter werden sie irgendwann auch entlassen. Es gibt keine Sicherheit mehr.

Ich sehe Sascha von der Seite an, wie er am Steuer sitzt und genau weiß, was er will – ganz genau. Er lenkt. Er ist ein moralisch sauberer Mensch, der seinen Weg gefunden hat, und wir sitzen in seinem Wagen und fahren mit ihm in die richtige Richtung. Er deutet nach links. Unsere Blicke folgen seinem Zeigefinger.

Eine Lampe leuchtet den Ausgang für die Akteure von

»Hair« an. Vorn am Hauptausgang verlassen noch ein paar Besucher den Dome. Sascha parkt. Hier hinter dem Dome ist es mucksmäuschenstill, kein Taxi, kein Gast, niemand – nur die Lampe über dem Bühnenausgang leuchtet.

Wir gehen zu dem nahe gelegenen Spielplatz. Tobias setzt sich auf ein Klettergerüst. Von dort oben hat er einen hervorragenden Blick auf den Ausgang. Wir warten.

Guido steigt mit einem Kameraden auf das Fort aus Holz, von dem eine Rutsche abgeht und dessen beide Türme mit einer Hängebrücke verbunden sind. Er wirkt mächtig dort oben. Sein Kamerad ist schmaler, aber nicht minder groß. Die beiden stellen sich rücklings, dann springen sie auf ein Kommando mit einem Salto von den Türmen und landen sicher im Sandkasten auf den Füßen – perfekt wie beim Synchronspringen war das.

Wir applaudieren.

»Alter Protzer«, sagt einer von Guidos Kameraden, der sich Robert nennt und mir die Hand reicht. »Die beiden waren früher in der Landes-Turnmannschaft.« Kein Wunder also, dass sie solche Kunststückchen auf Lager haben.

Zwischen Mark und einem von Guidos Truppe entbrennt ein Streit. Sie sitzen auf der Spielplatzbank und werden lauter und lauter, bis Sascha sagt: »Klappe.«

Sie schweigen wieder. Wir schweigen auch. Obwohl wir mitten in M sind, ist es still um uns herum. Es ist ein sternklarer Himmel. Es scheint, als habe die Nacht auch hier unten die Lichter ausgemacht. Ich denke an Marga. Sie macht einen guten Job. Sie hilft Leuten dabei, andern zu helfen. Wir tun hier auch unsern Job. Sie wird es mir später danken, genau wie meine Eltern. Ich riskiere hier Knast, aber irgendwer muss die Sache ja richten, sonst geht nichts voran, sonst werden wir bald in unserm eigenen Land nicht mehr zu unserm Recht kommen. In der Zeitung stand, dass der Tänzer aus den USA kommt und vor einem halben Jahr die deutsche Staatsbürgerschaft erhalten hat. Was für ein armer Hund. Da haben die Amis seine Vorfahren als Sklaven aus dem Busch geholt und sie entwurzelt, und jetzt weiß er nicht mehr, wo er eigentlich hingehört. Dabei ist es bei einem Schwarzen offensichtlich, dass er eher in den Süden passt als in den Schnee. Die Natur hat diese Menschen extra so geformt. Wenn wir äußerlich schon so unterschiedlich sind, sind wir auch innerlich völlig verschieden. Aber wir verpflanzen Menschen, als hätten sie keine Wurzeln, als seien sie frei wie Vögel. Das kann nicht gut gehen. Wir sind keine Vögel.

Meine Gedanken stocken, denn Guido redet. Er beklagt sich bei Sascha, dass sich seine Schwester Tamara freiwillig zur Bundeswehr gemeldet hat.

»Ich kann dir sagen, was dir daran nicht passt«, meint Sascha.

»Ich höre.«

»Frauen wollen Kinder, wenn sie normal sind. Und deshalb wollen sie Frieden und gehen nicht zur Armee.«

»Klingt schon mal gut«, sagt Guido. Er verzieht dabei den Mund, als sei er kurz davor, über Saschas Erklärung ironisch zu lachen. Dann lässt er seine leicht angehobenen Mundwinkel wieder fallen. Ganz sachte. Er hat Schiss vor Sascha, der auf Ironie gegen seine Person mit Zorn reagieren würde.

»Wenn die Frauen aber keine Kinder wollen«, fährt Sascha fort und lehnt sich dabei kräftiger gegen die Lehne der Bank. »Wenn sie also nicht mehr auf Kinder aus sind, hauen sie sich wie Männer gegenseitig die Birne ein, kämpfen sich im Büro nach oben oder gehen zum Bund. Die wollen emanzipiert sein und glauben, dazu müssten sie die gleichen Jobs wie die Männer machen. Am Ende sind sie nicht emanzipiert, sondern nur Mannweiber. Daran siehst du, wie dumm unsere Gesellschaft ist, wie nötig es ist, dass wir ihnen wieder klarmachen, was wichtig ist im Leben. Die haben völlig vergessen, dass wir Menschen sind. Wir sind keine Maschinen. Da kommt keiner, der für unsere Frauen die Kinder kriegt, das müssen sie schon selbst tun. Und falls sie es nicht tun, dann kommen die Ausländer und tun es gegen uns.«

Guido nickt. Es gefällt ihm, was Sascha sagt. Es ist ein lauer Abend und Saschas tiefe Stimme beruhigt wie die eines Führers am Lagerfeuer. Er kann jeden mit seinem Ton mitreißen. Und durch die ehrliche Zustimmung Guidos fühlt er sich animiert, weiterzureden: »Die Frauen sind eigentlich das wichtigere Geschlecht, weil sie das Geschlecht der Menschen erhalten. Ohne deine Mutter wärst du nicht hier, vermutlich gäbe es ohne Frauen niemals Frieden, denn Frauen denken nicht nur an sich und ihren nicht vorhandenen Pimmel, sondern sie denken auch immer an ihre Kinder. Nicht wie wir Scheißmänner … Frauen haben eine biologische Aufgabe, die über die fünfzehn Sekunden Sex rausgeht. Wir sind viel zu viele Männer, deshalb bekriegen wir uns ja auch ständig, damit nur die Besten die schönsten Weibchen kriegen.«

Guido grinst plötzlich breit. Sein Mund ist so groß, dass er bequem von einem Ohr zum andern grinsen kann.

»Was hast du?«, fragt Sascha.

»Fünfzehn Sekunden«, sagt Guido. »Das geht aber schnell bei dir. Jetzt versteh ich auch, warum es keine Frau lang mit dir aushält.«

Sascha lacht selbst über die »fünfzehn Sekunden« und wir lachen mit.

»Hey!«, ruft Tobias vom Ausguck. »Die Show kann beginnen.«

Wir nehmen unser Werkzeug zur Hand.

»Ist der Neger dabei?«

Tobias nickt und steigt von seinem Hochstand. »Schwer zu erkennen, schließlich ist er schwarz wie die Nacht.«

Wir schleichen uns Richtung Bühnenausgang, sehen den Sänger, wie er mit zwei Frauen Richtung Taxistand schlendert. Er küsst sie beide abwechselnd. Der Kerl scheint wirklich viel Geld mit seinem Gejaule zu verdienen, sonst bekäme der nicht solche Frauen ab. Er hat lange, gekräuselte Haare und unter der Mähne stechen rechts und links die Ohrringe raus. Sie sehen aus wie Traumfänger mit Federn und bunten Perlen. Der Typ ist ein Spinner – ganz sicher.

»Hallo!«, rufen wir wie aus einem Mund. Sie reagieren nicht, die drei sind zu sehr mit sich selbst beschäftigt. Da rufen wir lauter: »Wer hat Angst vorm weißen Mann?«, und … »Der Neeeeeger!«

Die drei drehen sich um und blicken auf unsere Sturmhauben. Dann geht alles blitzschnell. In der nächsten Sekunde rennen sie los Richtung Taxistand. Doch die

Frauen sind auf ihren Stöckelschuhen nicht so flink. Der Sänger sieht, dass sie es zusammen nicht mehr rechtzeitig schaffen.

»Lauft allein zu den Taxis«, ruft er ihnen zu.

Er selbst schlägt einen Haken. Wir verfolgen ihn, verringern den Abstand, dann gibt er auf einmal richtig Gas wie ein Karnickel. Hitler hatte doch recht. Die Schwarzen haben diesen unglaublichen Arschmuskel, der es ihnen erlaubt, schneller zu rennen als jeder Weiße. Hitler hat das olympische Feuer erfunden und er hat nie einem schwarzen Sieger die Hand gegeben. Es hat ihn geekelt.

Ich schwitze unter meiner Haube. Der Schwarze ist schnell, verdammt schnell. Wir biegen in eine Nebengasse. Der Abstand zu ihm wird größer. Ich überhole Mark, der weniger Puste hat als Tobias, obwohl Tobias wie ein Loch säuft. Mark bleibt auf einmal röchelnd stehen – erschöpft. Tobias und Sascha laufen neben mir. Guido und zwei seiner Kameraden sind ebenfalls noch bei uns. Das ist wie beim New-York-Marathon. Dieser Sänger muss eine Lunge wie ein Blasebalg haben. Gleich werden wir ihn in der Nacht verlieren.

Da kommt ein Mann aus der Kneipe, an der der Schwarze gerade vorbeirennt. Der Betrunkene torkelt gegen ihn und die beiden fallen hin und verhaken sich ineinander. Der Schwarze versucht, sich loszumachen, aufzustehen und wieder zu rennen, doch der Besoffene hält ihn lallend am Boden fest. Dann schreit er ihn mit den Worten »Du dreckiger Neger!« an und lallt weiter: »Das wird teuer, du Sau! Für den Schaden musst du bezahlen!«

Ehe sich der Tänzer von dem Betrunkenen befreien

kann, sind wir schon bei ihm. Guido stürzt sich auf den Schwarzen, der wild um sich schlägt wie ein Tier, das zu allem entschlossen ist. Er trifft Guido mit dem Fuß am Kinn, woraufhin der ihm eine mit dem Schläger verpasst und noch mal zuschlägt und wieder. Tobias prügelt jetzt ebenfalls mit der Eisenstange auf den Schwarzen ein und haut ihm in die Seite. Jetzt schlagen wir alle mit unseren Werkzeugen zu. Kein Widerstand.

»Hört auf«, befiehlt Sascha. »Genug.«

Der Betrunkene rappelt sich auf und sagt: »Das hat der Neger davon« – und geht weiter.

Im Hintergrund hören wir Polizeisirenen. Sicher haben die Frauen den Taxifahrern Bescheid gesagt und die haben die Polizei gerufen. Guido will nicht von dem Schwarzen ablassen und möchte ihn am liebsten mit sich zerren, um ihn in einer Ecke richtig fertigzumachen. An den Fenstern werden Gesichter wach, die uns zusehen. Es sind stumme Gesichter.

»Der ist doch schon so gut wie tot«, sagt Sascha zu Guido. »Du bist irre! Komm!«

Doch Guido packt den Tänzer an den Füßen und schleift ihn hinter sich her, schreit ihn an: »Los, sag es: Ich bin ein Farbiger, ein Nigger, ein Dschungelhase, Onkel Tom, Baumwollpflücker, Schuhputzer, Fahrstuhlführer, Tischabwischer, Arschabputzer, breite Lippen, flache Nase, Stepptänzer. Sag es! Sing es, du Sau!« Der Kopf des Schwarzen ist blutüberströmt, er holpert über die Gehwegplatten. Es ist ein schabendes Geräusch. Ich hör es, obwohl die Polizeisirenen lauter werden und Sascha schreit. Oder bilde ich mir nur ein, den Tod des Schwarzen hören zu können? Über seinen Tod darf ich nicht nachdenken, solche Gedanken schwächen mich nur. Ich kann es ohnehin nicht mehr ändern.

Das Blaulicht erleuchtet die Szene, Sirenengeheul, der Polizeiwagen hält mit quietschenden Reifen, die Bullen springen mit erhobenen Pistolen raus, aber wir sind schneller. Sascha läuft, was das Zeug hält, die Gasse geradeaus, Guido tritt nochmals auf den Schwarzen ein und rennt dann mit seinen beiden Kameraden Richtung Bahnhof. Ich folge Sascha und Tobias.

Vor meinem inneren Auge sehe ich noch die Polizisten. Es saßen drei im Wagen. Das ist ungewöhnlich. Einer von ihnen – es war, glaube ich, eine Frau – ist bei dem Schwarzen geblieben. Sascha läuft vor uns. Er kennt sich hier im Stadtteil zwar ebenso wenig aus wie wir, doch wir gehören zusammen. Ich würde niemals Guido folgen. Wir rennen und rennen. Die beiden Bullen laufen hinter uns her. Warum haben die ausgerechnet uns auf dem Kieker? Warum folgen die nicht Guido und den andern? Haben die nicht gesehen, wie Guido eben auf den Schwarzen eingetreten hat? Die Welt ist nicht gerecht. Die Polizisten sind noch richtig fit und kommen näher. Sie mussten ja auch nicht den Tänzer jagen. »Bleibt stehen!«, schreit einer der Bullen. »Stehen bleiben!« Ein Schuss zerreißt die Nacht.

Ich möchte stehen bleiben, doch Sascha schreit mich und Tobias an: »Rennt, lauft einfach weiter!« Er selbst bleibt zurück, um sich von den Polizisten schnappen zu lassen; er opfert sich für uns.

»Ist der wahnsinnig?«, frage ich außer Atem.

Tobias sagt: »Nein, er ist ein Führer.«

Also laufen wir weiter. Erst an der nächsten Ecke frag ich: »Was sollen wir machen?«

Tobias atmet schwer, doch nicht so schwer wie ich.

»Weiß nicht«, sagt er.

»Und wenn der Typ tot ist?«

»Die Bimbos halten mehr aus, als du denkst. Die haben so was wie einen Chitinpanzer.«

Wir gehen wieder vorsichtig zurück zur Kneipe, um zu sehen, was dort passiert. Vielleicht können wir Sascha helfen? Ein Rettungswagen mit Notarzt trifft ein, der Polizeiwagen steht vor der Wirtschaft. Die Ecke ist ganz in blaues Licht getaucht. Von Sascha sehen wir keine Spur, obwohl ich glaube, die beiden Bullen wiederzuerkennen, die uns eben verfolgt haben. Ihr Polizeiwagen steht auch noch da.

»Wo ist Sascha?«

Tobias weiß es auch nicht.

15.

»Das hat er jetzt davon.« Marga ist außer sich vor Wut. Tobias und Mark versuchen, sie zu beruhigen. Vergebens. Ihr Zorn schwillt durch die Beschwichtigungen nur noch weiter an. Sie klettert aufs Sofa, reißt eines der Runenbilder von der Wand und schleudert es auf den Boden. Der Plastikrahmen bricht. »Eure ganze Scheißspielerei! Ihr Idioten! Ihr verdammten Idioten! Sascha und ich haben uns versprochen, den andern nie im Stich zu lassen. Niemals! Und jetzt schlägt dieses Arschloch einen Schwarzen tot. Seid ihr alle bescheuert? Für wen macht ihr das eigentlich?«

»Er ist nicht tot«, sag ich. »Wir haben gesehen, wie sie den Sänger mit dem Rettungswagen abtransportiert haben. Das ist ein gutes Zeichen. Sonst wär der Leichenwagen gekommen.«

»Jetzt laber du nicht auch noch Schwachsinn. Und wenn mein Bruder eine Chance sieht, aus dem Knast zu kommen, indem er euch verpfeift, dann wird er es tun.«

»Sag das nicht«, widerspreche ich Marga, die mich vernichtend ansieht. »Er hält zu uns. Sascha ist ehrlich. Wenn ich für deinen Bruder die Hand ins Feuer legen müsste, würd ich es tun. Er ist wie ein Vater.«

»Er ist ein egoistisches Arschloch. Der hat doch nur noch für seinen Trupp einen Idioten gesucht, der mit dem

Baseballschläger das Geld eintreibt und genauso jähzornig ist wie er selbst.«

»Das stimmt nicht!«, schrei ich sie an. »Warum sagst du das über deinen eigenen Bruder?«

»Ach, halt die Klappe«, sagt sie und beruhigt sich. »Davon verstehst du nichts.«

Das stimmt. Ich schweige und geh aus dem Zimmer, setze mich in die Küche, hör die Stimmen der andern durch die Küchentür. Es ist mitten in der Nacht – mein Blick auf die Uhr bestätigt mein Gefühl: halb eins. Die Spinnen im Terrarium sind reglos wie immer. Sind Spinnen eigentlich nacht- oder tagaktiv? Oder gibt es für sie überhaupt keinen Unterschied? Sind das nur verschiedene Grautöne für diese Tiere? Sehen die überhaupt Farben? Das Ticken der Küchenuhr beruhigt mich. Uhrenticken, Pennerticken. Es ist das gleiche Ticken wie in der Küche bei uns zu Hause. Obwohl unsere Uhr durchsichtig ist wie Wasser. Man kann das Uhrwerk sehen, wie es seine Arbeit macht. Diese Uhr hier ist aus hellblauem Plastik mit einem weißen Zifferblatt. Meine Mutter schläft, das hoffe ich jedenfalls. Sie wird sich keine Sorgen um mich machen, weil Vater ihr sagt, sie müsse sich keine Sorgen machen. Im Kühlschrank ist kein Wodka mehr, nur Gurken und Licht. Was haben sie mit Sascha gemacht? Ich öffne das Glas und zieh eine Gurke raus.

Es klingelt an der Wohnungstür. Das Gürkchen knackt in meinem Mund. Es schmeckt salzig und ein bisschen nach Dill. Ich schluck es schnell runter und stell das Glas ab.

»Scheiße!« Marks Stimme im Wohnzimmer – er klingt panisch, als hätte der Teufel persönlich geläutet. »Sascha – er hat uns bestimmt verpfiffen«, sagt Mark. »Du hast recht gehabt, Marga. Du bist seine Schwester. Du kennst ihn.«

»Ach, labert doch keine Scheiße«, fährt die Stimme von Tobias dazwischen. »Sascha hat sich für uns geopfert und ist auf die Bullen zugerannt, obwohl die eine Knarre hatten und er nicht. Du warst ja gar nicht mehr mit dabei, weil du keine Puste hattest.«

»Vielleicht ist ja auch nicht die Polizei an der Tür«, sagt Marga. Ich stehe hinter der Küchentür und hör meinem Magen zu, der geräuschvoll das Gürkchen verdaut.

Marga sagt: »Ich hab das eben über Sascha nur gesagt, weil ich sauer auf ihn und auf euch Idioten bin. Er ist sicher kein Verräter. Ich versteh nur nicht, wie man so blöd sein kann und einen …«

»Pssst«, sagt Tobias. »Da tut sich wirklich was vor der Tür. Das könnten echt Bullen sein. Sascha würde doch sicher rufen. Die wollen bestimmt gleich stürmen.«

Es klingelt erneut.

Dann ist es still.

»Macht auf, ihr Idioten!« Es ist Saschas Stimme.

»Der hat die Bullen dabei, garantiert. So redet der doch normalerweise nicht«, sagt Mark halb laut.

Ich kann ihn nicht sehen, aber ich stell mir vor, wie er sich an seinem Piercing zupft. Was würde der ohne das Blech im Gesicht machen?

»Habt ihr gehört, die Stimme von deinem Bruder klingt anders als sonst«, wiederholt Mark.

»Wir müssen weg«, sagt Tobias. »Sicher ist sicher.«

Im nächsten Augenblick fliegt die Küchentür auf, hinter

der ich wie fest gemauert stehe. Sie stürmen zu mir herein: Mark, gefolgt von Tobias und Marga.

»Du kannst hierbleiben«, sagt Tobias zu ihr. »Du hast nichts mit der ganzen Geschichte zu tun. Du hast den Neger ja nicht mal gesehen.« Mir befiehlt er: »Mach das Fenster auf. Los.«

Ich gehorche und er will raussteigen. »Komm mit«, sagt er und hat schon einen Fuß auf der Fensterbank. »Hier geht's lang, Kamerad. Egal ob uns Sascha verraten hat oder nicht. Wir sollten zumindest kurz in der Nachbarwohnung in Deckung gehen. Das kann nicht schaden.«

»Aber …«

»Los, wir müssen.«

Mark flucht im Hintergrund: »Dieser Wichser von Sascha. Das hätte ich ihm nicht zugetraut! Nie! Dieser Arsch mit seinen Spinnen!« Ehe Mark zu Tobias und mir ans Fenster kommt, nimmt er das Terrarium vom Kühlschrank und kippt es aus. Die Spinnen laufen über den Linolfußboden. Hunderte von Beinen und Körpern, die träge durch die Küche stolzieren wie eine schaurige Armee von Robotern.

Marga schreit vor Ekel. Da verpasst ihr Mark eine schallende Ohrfeige. »Halt die Fresse. Willst du, dass die gleich die Bude stürmen? Du und dein Bruder, ich könnte euch beide …« Mehr sagt er nicht, sondern folgt uns.

Marga bleibt allein in der Küche zurück.

Wir hangeln uns vorsichtig von unserer Wohnung direkt über das Geländer auf den Balkon der Nachbarwohnung. Sie liegt ein wenig über Eck, sodass von der Straße aus niemand zu uns hinaufsehen kann, wir aber hinüber bis zur Shell gucken können. Die Muschel leuchtet hell und sauber. Diese Muschel würde auch zum Weltuntergang in schönstem Gelb strahlen. Du kannst dich in so einer Muschel nicht verstecken. Es gibt keine Verstecke mehr. Sie finden dich überall. Sie lassen dir keine Ruhe.

Einer nach dem andern steigt über die Außenwand hinüber zum Balkon der angrenzenden Wohnung. Fast wie in einem dieser Actionfilme ist das, wo die Leute in den Anden über eine schwankende Holzbrücke tausend Kilometer hoch von einer auf die andere Seite des Canyons gelangen. Nur dass wir keine Buschsoldaten mit einer Flak auf dem Rücken sind. Der Balkon der Nachbarwohnung, den wir jetzt alle erreicht haben, scheint sicher zu sein. Irgendwer hat das Glas der Balkontür eingeschlagen. Das Loch ist mit einer blauen Plastiktüte abgedichtet. Tobias reißt sie mit einem Ruck ab.

Die Wohnung ist, soweit ich es in der Dunkelheit erkenne, größer als unser Quartier – es gibt neben der Küche noch einen zweiten Raum in Wohnzimmergröße, an dem wir uns Richtung Wohnungstür vorbeitasten. Wir lauschen, was draußen auf dem Hausflur geschieht. Nichts. Es scheint ruhig zu sein, eine angespannte Ruhe. Jeder von uns rechnet damit, dass gleich drüben die Tür zum Quartier eingerannt wird. Das Überfallkommando wird sicher einen Heidenlärm machen und vielleicht sogar rumballern. Doch es bleibt still.

Stattdessen hören wir wieder Saschas Stimme: »Macht endlich auf! Ich hab den Schlüssel verloren!«

Tobias blickt durch den Spion. »Ich seh nichts. Keine Bullen im Flur. Ich …« Langsam öffnet er die Tür.

»Bist du bescheuert?«, zischt ihm Mark entgegen. »Lass die Tür zu.«

Da ruft Tobias schon freudig überrascht: »Sascha!« Und zu uns: »Er ist allein. Keine Bullen.« Sascha kommt uns entgegen. Er fragt sich sicher, wieso wir in der Nachbarwohnung sind.

»Was für Bullen?«, fragt er. Dann wird ihm alles klar: »Habt ihr Idioten etwa geglaubt, dass die mich kriegen und ich euch verrate?«

»Mark hat das gedacht«, sagt Tobias.

»Weil deine Schwester gesagt hat …«, hebt Mark zu seiner Verteidigung an, aber er wird gleich von Tobias unterbrochen. »Halt die Schnauze.«

»Hätte doch sein können, dass du uns verrätst. Wer weiß, was die Bullen mit einem anstellen, damit man plaudert.«

Ohne ein weiteres Wort zu verlieren, lässt Sascha seine Linke hervorschnellen und trifft Mark mit der Faust genau aufs Kinn. Der fällt wie ein Brett nach hinten.

»Mark hat so viel Blech in der Fresse und so viel Stroh im Kopf, das kann ja nicht gut gehen. Der ist ein Versager.«

Ist er tot? Ich warte, warte darauf, dass Blut aus seinem Hinterkopf rinnt. Aber es kommt anders. Er schlägt die Augen auf, reibt sich sein Kinn und berappelt sich. Offensichtlich kann er nicht gut laufen, aber unglaublich gut einstecken.

»Habt ihr wenigstens die Schlüssel?«, fragt mich Sascha, während er Mark die Hand reicht und ihm schlicht ein »verdammter Penner!« zuwirft, dann aber den unseligen Vorfall vergessen zu haben scheint.

Ich antworte: »Marga ist noch drüben. Die kann uns aufmachen.«

Marga zittert am ganzen Leib, als sie uns öffnet. Sie kann sich nicht mehr auf den Beinen halten und geht in Zeitlupe in die Knie. Ich beuge mich zu ihr runter: »Was ist los?« Ich würde sie am liebsten in den Arm nehmen, trau mich aber nicht, seh nur die dunklen Härchen auf ihrem Unterarm und streichle drüber. Sie stehen hoch, sie hat eine Gänsehaut.

Keiner weiß, wovon sie redet. Als sie zur Küche deutet, werfe ich einen Blick hinein. Spinnen – überall Spinnen.

Sascha sieht das Terrarium und die Spinnen. Er ist stinksauer. »Wer war das?«

»Ich wollte nur …«, beginnt Mark.

Sascha hebt seinen Arm. Er will ihm zuerst wieder eine verpassen, dann verzichtet er drauf, deutet nur einen Schlag an und meint: »Armseliger Wichser.«

»Warum haben die Polizisten dich nicht verhaftet?«, frag ich.

»Bullen sind Idioten«, sagt er.

»Deshalb sind sie vermutlich Bullen geworden«, fügt Mark hinzu, der einen Scherz machen will. Vergebens. Keiner lacht, sondern Sascha sagt nur trocken: »Dann hättest ja du eine gute Chance, Oberbulle zu werden, Idiot.« Sascha erzählt, dass er einen der beiden Polizisten niedergeschlagen hat und weggerannt ist – unerkannt. »Hatte ja die Sturmhaube auf.«

»Die werden ihre Klamotten auf Genmaterial von dir untersuchen«, sagt Mark.

»Hauptsache, du hast eben einen genetischen Fingerabdruck von mir auf dein Kinn gekriegt.« Mit diesen Worten greift er Mark am Kragen und hält ihm die Faust vors Gesicht. »Ich würde dir am liebsten die Fresse polieren, bis du nur noch aus der Schnabeltasse saufen kannst. Aber vielleicht hast du ja heute nur einen schlechten Tag. Deshalb halt ab jetzt einfach die Klappe. Kapierst du? Halt die Fresse!«

»Schon gut«, sagt Mark.

»Was sollen wir jetzt machen?«, fragt Tobias.

»Nichts«, sagt Sascha, lässt Marks Kragen los und stößt ihn ein Stück zurück. »Wir sind hier in M und nicht in New York oder Chicago. Die Bullen haben mich kaum zu fassen gekriegt. Alles Quatsch, dieser CSI-Scheiß. Die haben keinen Fingerabdruck von mir, und schon gar keinen genetischen.«

Einige Spinnen fängt Sascha mit der Hand und setzt sie zurück ins Terrarium. »Der Zoo wird noch lange nicht aufgelöst«, sagt er, »nur weil Mark das so will. Alle Versuchspersonen dürfen zurück in den Kasten.«

Er scheint sich vor den Viechern nicht zu ekeln. Mark, Tobias und ich versuchen, die Tiere mithilfe von Filtertüten, auf die wir sie bugsieren, ins Terrarium zurückzutransportieren. Freiwillig fasse ich keine Spinnen an.

»Jetzt kannst du reinkommen«, ruft Sascha seiner Schwester zu.

»Sind sie alle tot?«, will Marga wissen.

»Gefangen«, sagt Sascha. »Komm endlich rein. Keine Gefahr mehr. Wir haben all unsere kleinen Freunde.«

Marga tritt ein wenig unsicher ein. Sie ist noch ganz blass im Gesicht.

»Wo warst du eigentlich heute Nacht, Schwesterchen? Sonst bist du doch immer früher zurück von deinem Job?«

Sie geht ins Wohnzimmer und kehrt mit ihrer Handtasche wieder, kramt drin rum und zieht vier Fünfzig-Euro-Scheine heraus. »Antwort genug?«

Sascha nickt. »Gequatsche vergeht, Geld ist beredt«, sagt er und grinst. »Provisionen seh ich am liebsten. Dein gemeinnütziger Job bringt mehr ein, als ich dachte. Hätte ich deine Möglichkeiten, ich glaube, ich würde sofort bei dir in der Branche einsteigen und nur noch den Menschen helfen. Aber ich bin kein Opfertyp.«

»Findest du eigentlich nicht, dass ihr mit dem Schwarzen zu weit gegangen seid?«, fragt Marga.

»Du hast was Scheinheiliges an dir«, sagt Sascha. Er hockt sich auf die Kante der Eckbank und zieht sich ein Gürkchen aus dem Glas. »Sollen wir die Typen etwa höflich bitten, unser Land zu verlassen? Was soll dieses ständige Untergraben unserer Moral, Schwesterchen? Das bringt doch nichts.«

»Ich will eure Moral nicht untergraben, ich will nur nicht, dass mein einziger Bruder für immer in den Bau geht. Ich hab Angst um dich.«

Sascha winkt seine Schwester zu sich. Sie kommt.

»Setz dich«, befiehlt er ihr und nimmt sie in den Arm. »Keine Bange. Ich hab dir versprochen, auf dich aufzupassen, und das tu ich. Wir sind unsere eigene kleine Familie.« Dann sagt er, mich über die Schulter seiner Schwester hinweg anschauend: »Unser Vater hat sich aus dem Staub gemacht, als Marga zur Welt kam, und Mutter ist gestorben, als mein Schwesterchen gerade volljährig wurde.«

»Das wusste ich nicht«, sag ich entschuldigend.

»Kein Problem«, sagt Sascha. »Ich erzähl es dir nur, damit du unser Familiengequatsche verstehst. Sonst denkst du nachher noch, wir hätten was miteinander.«

Marga drückt ihren Bruder ein wenig von sich weg, bleibt aber auf seinem Schoß sitzen und sieht ihm in die Augen. »Versprich mir, dass du keinen Mist baust. Ich will dich nicht verlieren.«

Es klopft an der Wohnungstür.

»Nicht schon wieder«, sag ich.

»Keine Hektik«, meint Sascha, und auf sein Zeichen gehen wir leise ins Wohnzimmer.

»Die müssen doch da sein, der Toyota steht unten«, sagt eine Stimme, die mir bekannt vorkommt. Na klar, das ist Guido.

Er und seine Kameraden haben schon Schlagseite. Sie haben zwei Flaschen Cointreau und Pillen dabei. Eine halbe Stunde später haben wir einen Teil der mitgebrachten Vorräte vernichtet – die Tabletten schlucke ich nicht. Sie sind schwarz und haben einen Totenkopf in der Mitte, als würden wir uns den Fluch der Karibik einwerfen. Ich bin müde und seh zu Marga rüber. Vielleicht kann ich ihr ja heute Nacht näherkommen? Es ist so viel passiert in den vergangenen Stunden, das reicht für eine ganze Tankfüllung Leben.

Sie unterhält sich mit Guido. Was erzählen die beiden? Die Kameraden quatschen so laut, dass ich die zwei nicht hören kann. Was geht da vor? Findet sie Guido etwa gut? Sie betrachtet mich aus dem Augenwinkel. Guido bekommt es nicht mit. Er steht zu dicht. Ich seh Marga an, blick ihr direkt in die Augen. Es muss die Müdigkeit sein, die mich so mutig werden lässt. Mir ist heiß. Sie schaut nicht weg, sondern streichelt Guido mütterlich über den Kopf und erhebt sich aus dem Sessel, kommt auf mich zu, geht ganz nah an mir vorbei, als wolle sie mich mit ihrem Duft betören. Ich kann sie riechen, kann in dieser abgestandenen warmen Luft ihre Wärme spüren.

Ich steh auf und geh hinter ihr her in die Küche.

16.

»Meinst du, hier sind noch Spinnen?«

Ich knipse das Licht an. »Hoffentlich nicht«, sag ich. »Ich kann das Licht wieder ausmachen, dann sehen wir sie zumindest nicht mehr.«

»Wie sieht eigentlich die Nachbarwohnung aus?«, fragt sie.

»Die ist fast leer. Kein Schrank, kein Fernseher …«

»Und was ist mit einem Bett?«

»Es gab eins, aber ohne Matratze. Wieso fragst du?«

Sie geht zum Spind bei der Eckbank. Darin stehen keine Vorräte, aber es gibt dort zusammengerollte Schlafsäcke und eine Matratze.

»Und warum hab ich immer auf der Couch geschlafen, wenn hier die Sachen lagern?«

»Weil die Couch im Wohnzimmer wirklich gut ist. Habe ich selbst oft drauf geschlafen.«

»Wo schläfst du denn sonst?«

»Ich wohne mit Sascha in der Exwohnung unserer Mutter.«

»Klingt kompliziert.«

»Ist es aber nicht.« Sie zieht die Matratze aus dem Spind und sieht mich auffordernd an.

»Was soll ich tun?«

Sie grinst schelmisch, ihre Grübchen grinsen mit. Dann

wirft sie einen Blick ins Wohnzimmer und sagt: »Du kletterst rüber in die andere Wohnung und machst mir die Tür von innen auf. Ich hab keine Lust, hier zu schlafen. Die schnarchen gleich wie die Tiere.«

Ich weiß nicht, was ich drauf sagen soll.

»Und du?«, fragt sie mich. »Willst du etwa hier schlafen?« Dabei geht sie sich durchs Haar. Es ist schwarz wie eine Gondel. Meine Eltern waren mal in Venedig und haben eine Plastikgondel als Lampe für Mamas Nachtschränkchen mitgebracht. Marga drückt mir überraschend einen zärtlichen Kuss auf den Mund. »Jetzt mach endlich. Ich will da rüber mit dir.«

Ich steig aus dem Fenster und will mich wieder über das Geländer auf den Balkon der Nachbarwohnung hangeln, als ich merke, wie angetrunken ich bin. Wenn ich runterfalle, werd ich im Sturz noch die Shell-Muschel sehen, an Marga denken, um dann auf dem Bürgersteig zu enden. Vielleicht werd ich mich von oben herab ansehen und sagen: Was für ein Depp. Wer war dieser Typ überhaupt? Und warum musste dieser Idiot unbedingt mitten in der Nacht besoffen von einer Wohnung in die andere klettern? Aber ich werde nicht fallen. Ich greife nach dem Geländer, halte es fest, schwinge mein Bein drauf und … geschafft! Marga steht noch am Küchenfenster und lächelt mir zu. Ich kann sie nur sehen, weil sie sich aus dem Fenster lehnt, sonst würde sie hinter dem Eck verschwunden sein.

»Ich schleich mich raus und durch den Hausflur rüber«, ruft sie mir zu und verschwindet in der Küche.

Hier draußen auf dem Balkon ist es warm. Der Mond ist voll und gelblich und die Nacht erscheint mir gar nicht mehr so dunkel wie eben noch am Musical-Dome. Das Licht fällt in Tropfen vom Himmel. Es klopft. Ich lauf durch die Wohnung und öffne: Da steht sie schon mit der Matratze und einem Schlafsack unterm Arm.

»Haben die andern nicht bemerkt, dass du mit der Matratze raus bist.«

»Ich glaube, die merken nichts mehr. Die sind hinüber.«

»Und wir müssen noch mal rüber«, sag ich.

»Warum?«

»Kein Licht.«

»Brenne, kleine Taschenlampe, brenne.« Sie zieht unter der Bettdecke eine Taschenlampe vor.

Ich bitte sie übertrieben höflich mit einem Kratzfuß herein, als würde ich sie in meinem Schloss willkommen heißen. Sie lacht. Ihre Zähne blitzen in der Dunkelheit. Die Taschenlampe weist uns den Weg. Das Bett ist viel zu groß für die Matratze. Der Lattenrost besteht aus Latten, die höchstens noch einen Kasten Bier halten, aber nicht mehr Margas und meinen Körper.

»Fußboden?«, fragt sie schmunzelnd.

»Ist auf alle Fälle sicherer.«

Wir legen die Matratze neben das Bett und ich setze mich mit ihr drauf. Ich weiß nicht, was ich tun soll. Ich habe Marga noch nicht mal richtig geküsst. Normalerweise muss man sich vorher küssen. Das ist das Minimum. Ich greife zu meinem Talisman. Sie kommt auf mich zu – ganz nah. Sie nimmt meine Arme und legt meine Hände um ihren Nacken, dann legt sie ihre um meinen. Ihr Gesicht ist nah, ich muss sie küssen. Sie duftet. Der Duft meiner Mutter. Ich atme schwer durch die Nase aus, als wollte ich den Duft wegatmen. Ich sehe Sascha vor mir, wie wir die runde Hütte auf dem Feld verlassen, wie er all die faulen Gedanken ausatmet. Er ist wirklich so was wie ein Vater für mich geworden. Ich habe zwei Leute niedergeschlagen und keine Angst, es könnte mir etwas passieren. Bei uns zu Hause habe ich immer Angst gehabt, irgendwas könnte nicht klappen. Und hier? Hier gibt es wirkliche Probleme und Aufgaben und plötzlich gibt es keine Angst mehr.

»Was hast du?«

»Nichts«, sag ich. »Ich hab nur gerade an den vergangenen Tag gedacht.«

»Ist viel passiert«, sagt sie, presst ihren Körper an meinen und will mich küssen. Als ich nicht gleich reagiere, fragt sie: »Oder bist du schwul?«

»Wie kommst du denn darauf?«

»Du bist ein Mann und ich eine Frau und trotzdem scheinst du mir so weit weg.«

Ich merke, dass sich in meiner Hose etwas regen will, aber ich bin nervös.

»Du musst nicht nervös sein«, sagt sie und küsst mich. Meine Gedanken sind bei ihr, aber ich denke gleichzeitig darüber nach, dass ich kein Kondom dabeihab.

»Hast du ein Kondom?«, frage ich möglichst unaufgeregt.

Sie fischt aus ihrer Jeans ein silbernes längliches Tütchen. Es sieht so clean aus, als käme es direkt aus der Weltraumforschung. Das Ding passt nicht in diese zärtliche Hand, die mich gerade noch im Nacken gestreichelt hat.

Ich küsse Marga, versuche, an nichts als diesen Kuss zu denken. Es ist unmöglich, nicht zu denken, wenn man nicht denken will. Meine Zunge wirkt sicher ein bisschen hölzern in ihrem Mund, keine Verbindung zwischen uns, eher ein Keil ist mein Stück Fleisch.

»Du bist ein Kusstalent«, sagt sie.

»Ich weiß«, lüge ich.

Der Geruch meiner Mutter ist in meiner Nase. Oder ist es Margas Geruch? Sind es ihre Haare? Sie zieht mir das Hemd aus der Hose, das ich mir selbst unter Marks und meiner Mutter Augen so tief hineingesteckt hab, als wolle ich auf keinen Fall etwas falsch machen. Es hat bis hierher gehalten. Was die im Quartier wohl machen? Sicher sind sie alle besoffen in ihren Polstern eingepennt und schnarchen betrunken vom Alkohol und vom Siegestaumel. Das Echo des Tages. Das Schnarchen meines Vaters hört man sogar durch die Wand.

Sie öffnet den oberen Knopf ihrer Bluse.

»Hilf mir«, sagt sie, woraufhin ich die übrigen Knöpfe öffne. Ich küsse ihr Dekolleté. Die Haut ist zart und ich ziehe die linke Brust aus dem BH – fest wie Mäusespeck ist sie. Ihre Höfe sind klein. Sie hat noch kein Kind gestillt. Die Warzen stehen hervor, werden steif und ein wenig hart, als ich sie abwechselnd in den Mund nehme. Knospen. Wir sinken in die Knie. Ich bin ganz cool, ganz cool. Ich drücke sie auf den Rücken, fühle mich stark und gut und schiebe ihren Rock nach oben, während sie mir über den Po streichelt. Ich habe einen hübschen knackigen Hintern. Das weiß ich, sie hat es vermutlich geahnt. Ich fühle mich nicht mehr hilflos, ich fühle mich frei von jeder Angst.

»Ich will Liebe machen«, flüstert sie mir ins Ohr.

Die Taschenlampe liegt neben uns und leuchtet wie ein

Scheinwerfer gegen die Wand. Da hat sicher einmal ein hüfthoher Schrank gestanden, jedenfalls ist das Weiß auf einer rechteckigen Fläche weißer als das der übrigen Wand. Ich werde kein Maler und Lackierer, das steht fest. Wie viel Zeit werde ich sonst in hässlichen alten Räumen verbringen und dieses Weiß auf die Wände streichen?

Marga hat meine Hose geöffnet. Ich trete die Jeans nach unten über meine Füße, schmiege mich nah an ihren Körper, ganz nah. Du bist ein Beobachter, hat sie gesagt. Jawohl, das bin ich. Wenn die Welt untergeht, werde ich es betrachten. Sie ist schon nackt. Ich habe nicht begriffen, wo ihre Klamotten hin sind. Es geht alles unaufhaltsam voran wie in einem Traum. Seit ich die Raufaser betrachtet habe, sind nur wenige Augenblicke vergangen, Augenblicke, die ich nicht mehr so recht miterlebt hab, die wie in einem Rausch an mir vorbeigezogen sind, die in meinem Magen und in meinem Unterleib passierten, die mit meinen Augen und Ohren kaum noch etwas zu tun hatten. Du hörst und du siehst nur noch mit dem Körper, wenn du jemanden liebst.

Marga hält mir das silberne Tütchen hin. Ihre Lippen. Ich kann sie sehen und die Zähne dazwischen. Ich will Marga küssen, aber ich nehme das Kondom und bekomme das Tütchen nicht auf. Verdammt! Es lässt sich nicht einfach von der Seite aufreißen. »So eine Scheiße«, sag ich.

»Gib mir«, sagt sie. Sie scheint mehr Übung darin zu haben.

»Gibt es einen Trick?«, frag ich.

»Es gibt immer einen Trick«, sagt sie und lächelt. Manche Mädchen haben einen Diamanten oben im Zahnfleisch, gleich oberhalb der Schneidezähne. Das mag ich. Marga hat keinen. Sie trägt ohnehin kaum Schmuck. Der Würfel ist noch in meiner Hosentasche. Den werde ich ihr nachher schenken.

Sie schiebt das schleimige Kondom ein wenig aus der Silbertüte hervor. Es ist in diesem Halblicht der Taschenlampe gelblich wie Zahnbelag. Gelb ist der Neid. Gold ist die Ewigkeit. Eheringe. Der gelbe Stern der Juden. Warum reden die bis heute über Juden? Eigentlich gibt es doch kaum noch welche. Sascha mag keine Juden. Er schläft nur ein paar Meter von uns entfernt. Was wird ihm Marga nachher erzählen? Oder ist es unser Geheimnis?

»Was ist mit deinem Bruder?«, frage ich sie.

Marga sieht mich verwundert an. »Was ist mit deiner Mutter?«, entgegnet sie mir auf meine absurde Frage.

»Ihr Haar riecht wie deines«, sag ich und halte das glibberige Kondom in der Rechten zwischen Zeige- und Mittelfinger.

»Dann sollte sie das Shampoo wechseln«, sagt Marga trocken. »Ich hab keine Lust, dass du an deine Mutter denkst, wenn wir Liebe machen … Und jetzt streif's endlich über.« Sie blickt auf das Kondom. Es kommt mir vor wie ein schwarzes Loch, das ich über meinen Schwanz rollen soll.

Ich lege die Bettdecke zur Seite, aber über das, was ich sehe, kann man kein Kondom ziehen. Dieses Scheißkondom. Es macht mich nervös.

»Ich will kein Kondom«, sag ich.

»Du bist süß«, sagt sie. »Hattest du noch nie eine Frau?«

Ich weiß nicht, was ich sagen soll. Etwa die Wahrheit?

»Oder ist das immer so, wenn du mit einer Frau schläfst?«

Ich behalte alle Antworten für mich. Ich schäme mich. Ich sehe auf mich. Mein Fleisch liegt da wie ein toter Seehund. Sein Körper ist in sich zurückgezogen. Ich sehe ihre Hand, die sich ihm durch das Gebüsch nähert. Ohne Kondom würde er längst aufrecht stehen. Ich bin ab dem Bauchnabel nach unten sehr stark behaart. Es ist ihre Hand, die ich spüre.

»Wär doch gelacht, wenn wir das nicht hinbekämen«, sagt sie mütterlich zu mir und reckt mir ihren Hintern entgegen. Ich lege mich steif auf den Rücken und weiß nicht so recht, was ich mit ihrem Po anfangen soll, massiere ihn etwas. Er ist sexy, aber meine Stimmung ist es nicht.

»Das erste Mal«, sag ich ehrlich. Lügen bringen nichts mehr.

»Ich habe es fast geahnt. Dabei wollte ich nie mit einer Jungfrau schlafen«, sagt sie und lacht über meinen Seehund gebeugt. »Red nie wieder von den Haaren deiner Mutter. Deine Mutter ist deine Mutter, sie würde das hier nie für dich tun.«

Ihr Gesicht ist jetzt so weit weg. Ich greife ihr über den Hintern in die Haare und liege starr wie eine gefällte Birke. Ich sehe ins Dunkel über mir und spüre dieses warme Gefühl. Ich merke, wie es ihr gelingt, den Seehund aus seinem Versteck zu locken. Ich drücke mich etwas hoch und will ihr sagen, sie soll aufhören, sonst – doch sie hört nicht auf und …

… ein Knall durchbricht die Stimmung. Es ist, als ob mitten in der Nacht unter deinem Bett eine Tellermine explodiert. Margas Kopf schreckt hoch, ihr Hintern drückt meinen Brustkorb nach unten. Sie schaut sich kurz zu mir um, sieht mich entsetzt an. »Was war das?«

Ich springe auf, zieh mir die Hose an.

Zu spät. Mark ist der Erste, der ins Zimmer tritt. Guido und Tobias folgen. Sie haben zwei weitere Taschenlampen dabei. Ich leg mich blitzschnell zu Marga. Scheu werfen wir den geöffneten Schlafsack über uns.

»Lasst euch nicht stören«, sagt Guido ironisch. »Wir haben uns nur gewundert, wo ihr bleibt. Da wollten wir euch mal besuchen.« Er klatscht sich mit Mark ab.

»Na, Marvin, da sind wir ja genau zur rechten Zeit gekommen, ehe du dein Jungfernhäutchen einbüßt«, sagt Guido zu mir.

»Wo ist Sascha?«, fragt Marga. »Bei so einer Scheißidee darf er doch nicht fehlen.«

»Schläft wie ein Baby«, sagt Tobias. »Der hat zu viel intus.«

»Habt ihr genug gesehen?«, fragt Marga wütend. »Dann könnt ihr ja wieder abziehen.«

»Hey, hey, hey, behandelt man so seine Freunde?«, sagt Guido. »Das gehört sich nicht, wo bleibt denn die sprichwörtliche Gastfreundlichkeit?«

»Du bist doch nur hier reingestürmt, weil ich dich habe abblitzen lassen«, faucht Marga ihn an.

»Was soll das heißen? Meinst du, ich bin scharf auf dich?«

»Ja. Das warst du auf der Landstraße und das bist du jetzt. Aber eine Frau wie mich kriegst du nicht, Akne-Face.«

Sie gibt mir einen Kuss.

»Was bildest du dir eigentlich ein, du kleines Flittchen.«

Ich lieg wie versteinert neben ihr und sehe an Guido hoch. Sein Kopf ist weit über mir.

Er beugt sich zu Marga runter, als wolle er ihr eine scheuern. Da trete ich ihm gegen das Schienbein, so fest, dass er zur Seite umknickt und schreit. Eh ich mich auf ihn stürzen kann, fallen aber seine Kameraden über mich her und sagen: »Er hat es nicht so gemeint! Lass ihn in Ruhe!« Dann steht Guido wieder. Sie müssen ihn zurückhalten, damit er sich nicht an mir rächt.

»Genug jetzt«, sagt Marga. »Raus hier!«

Obwohl sie vermutlich nicht mich gemeint hat, greif ich intuitiv nach meinen Klamotten und verschwinde mit den andern.

Sascha liegt tatsächlich auf dem Sofa und schnarcht. Guido will ihn wecken, aber er hat keine Chance. Zwei Flaschen Cognac und zwei Flaschen Cointreau stehen zusammen mit Bier- und Weinflaschen auf dem Couchtisch. Und die Pillen haben sie ja auch noch versenkt.

Ich lege mich auf den Teppich, flach und gerade auf den Rücken, und hör, wie Guido und seine Kameraden zuerst noch blöde Bemerkungen über mich und Marga machen, dann verstummen ihre Gespräche, bis sie ebenfalls schnarchen.

Ich kann nicht einschlafen, muss an Marga denken. Bald wird der Morgen grauen. Warum bin ich eben nicht bei ihr geblieben? Weil mir das alles peinlich gewesen ist? Wegen Guido? Ich habe nicht drüber nachgedacht, habe einfach aus Feigheit heraus gehandelt. Ich bin ein Versager.

Aber jetzt steh ich auf. Es gelingt mir, mich unbemerkt aus dem Raum zu schleichen. Die Tür der Nachbarwohnung ist kaum beschädigt – lediglich der Riegel des Schlosses ist von innen weggebrochen, ganz sauber. Fast sieht es so aus, als sei die Tür geschlossen und unbeschädigt. Ich folge dem Licht der Taschenlampe. Sie leuchtet weiter stur gegen die Wand. Marga liegt auf der Matratze und schläft.

»Marga«, sage ich leise. Sie regt sich nicht. »Marga!«, sage ich lauter. Sie atmet tief und fest.

Soll ich sie wecken?

Ich setze mich auf den Lattenrost. Ich drücke Marga einen Kuss auf die Stirn. Keine Reaktion. Das Kondom liegt schlaff auf dem Schlafsack wie eine Windfahne ohne Wind. Meine Mutter muss ein anderes Shampoo benutzen. Meine Hose wird hart. Ihre Haare sind schwarz wie die Nacht, undurchdringlich wie ihre Augen. Schwarze Milch der Nacht. Ich kann die Augen nicht sehen, aber ich kann Marga atmen hören. Sie schläft. Sie ist verschlossen. Der Schlaf verschließt die Menschen. Ich schließe auch meine Augen, denke an sie und streife mir das Kondom über. Es funktioniert. Ich bin nicht impotent. Marga ist schön, wenn sie sich bewegt. Ich merke, wie ich mich stärker errege, aber ich bleibe auf dem Lattenrost sitzen. Ich muss keine Hand an mich legen, muss nur unter meinen Augenlidern die Erinnerungen an sie wach werden lassen, muss ihre Wärme spüren und ihrem Atem folgen, der durch die Dunkelheit zieht wie ein Duft. Ihre Zunge in meinem Mund. Ich würde mich am liebsten neben sie legen, aber ich bleibe sitzen und werde die Augen nicht mehr öffnen, ehe ich sie nicht gehabt hab.

17.

Ich habe mein Handy ausgeschaltet, um Abstand von Marga zu gewinnen. Aber meine Gedanken kreisen trotzdem nur um sie. Du kannst die Dinge nur sehen, wenn du einen Schritt zurücktrittst. Für meinen Vater ist das eine Binsenweisheit. Denn die Farbe wirkt ganz anders aus der Entfernung. Ich sehe Margas Gesicht vor mir.

In der Schule ermahnen mich der Direktor und mein Englischlehrer, nicht mehr die Schule zu schwänzen. Sie hätten mit meiner Mutter telefoniert.

»Kann sein«, sag ich zum Direktor. »Meine Eltern erreichen mich nicht, weil mein Handy ausgestellt ist.«

Der Direktor bittet Frantzen, mich wieder mit in den Englischunterricht zu nehmen. Frantzens Name ist genau so unwichtig wie der des Direktors, obwohl beide sich und ihre Aufgaben und ihre Namen für wichtig halten. Menschen täuschen sich gern über ihre Bedeutungslosigkeit hinweg. Dabei zählt nur, was wir gemeinsam schaffen. Einer allein ist unwichtig. Wir könnten auch Nummern tragen. Es ist eine Unsitte der Amerikaner, sich selbst so wichtig zu nehmen. Frantzen ist ein Versager. Er wird nichts an diesem Scheißsystem ändern. Wie eine Made hat er sich im gammelnden Apfel eingenistet, hält diese und jene Wahrheit für unumstößlich und sieht nicht, dass er mit all den andern Maden den Planeten aushöhlt. Diese Typen hoffen, dass sie am Ende, wenn hier alles zerstört ist, wie die Schmeißfliegen abschwirren können.

Frantzen steht mit dem Stück Kreide in der Hand an der Tafel und weiß genau, in welche Richtung sich die Erde dreht. Aber falls ihm die Amerikaner morgen einreden, er soll von rechts nach links schreiben, wird er es tun. Garantiert. Das sind keine Deutschen.

Ich schalte mein Handy wieder ein, werde gleich auf Empfang sein. Dann könnt ihr mir Befehle erteilen. Das Handy fährt hoch und klingelt prompt. Obwohl es im Unterricht verboten ist. Ob das Handy das nicht weiß? Ich muss über meinen eigenen kleinen Scherz schmunzeln. Die Klasse guckt mich an. Zacharias, mein Nachbar, ist geschockt, als hätte ich ein Schwerverbrechen begangen. Elender Schleimbeutel! Alle wissen, was nun passieren wird. Frantzen wird mir das Handy abnehmen. Alle wissen ohnehin schon, dass ich ein Outlaw bin, weil ich eben beim Direktor war. Die Jungen wären alle gern Faschos, aber sie haben Angst vor Kriechern wie Frantzen.

Da kommt er auf mich zu und sagt mit seiner Baritonstimme: »Marvin.«

»Ja, so heiß ich.«

»Gib mir das Handy.«

Ich reagiere nicht. Er ist ein groß gewachsener Mann mit Schnauzbart, hat zwei Mädchen, die auch auf unsere Schule gehen. Ihr Vater ist Lehrer und nicht Maler und Lackierer wie meiner, aber sie sind trotzdem dümmer als ich.

»Gibst du mir bitte das Handy?«

Hält der mich für schwerhörig? »Nein. Sie kriegen mein Handy nicht, weil es mir gehört.«

»Es ist verboten, mit dem Handy in der Schule zu telefonieren. Das weißt du.«

»Ja«, sag ich. »Die Amerikaner haben uns verboten, Flugzeuge zu bauen. Aber ich sage, wir werden so viele Flugzeuge bauen, dass der Himmel schwarz ist und die Vögel zu Fuß gehen müssen.«

Er ist baff. Wo ich den Satz herhabe, möchte er wissen.

»Bibel«, sag ich. »Und meinen Sie, ich lass mir die Bibel verbieten, nur weil es der Direktor so möchte?«

»Darum geht es hier nicht, sondern um dein Handy. Gib es mir, sonst …«

Als ich nichts mache, weiß er nicht recht, was er tun soll.

»Dann komm mit«, sagt er.

»Wieder zum Direktor?«, frag ich. »Das können Sie doch nicht bringen.« Hat der überhaupt keine Eier in der Hose? Wie kommt der auf so eine Schnapsidee? Kriegt der mich nicht allein unter Kontrolle? Braucht der einen Direktor dafür? Schlappschwanz. Ich seh ihn mitleidig an und blicke erst mal in aller Seelenruhe auf die SMS. Marga hat mir geschrieben. Sie möchte mich gerne treffen. Es sei heute Nacht schön gewesen, obwohl wir wegen der andern Idioten keine Liebe hätten machen können. *Ich vermisse dich,* schreibt sie. Das ist schön. Das Gefühl ist perfekt, es sitzt mir wie angegossen. Ich will zu ihr. Ich vermisse sie.

»Ich muss weg«, sag ich.

Frantzen schreit mich an. »Was soll dieser Blödsinn?« Und er greift nach meinem Handy. Ich zieh es blitzschnell weg. Er bekommt stattdessen irgendwie mein Hemd zu fassen und rupft nun sinnlos dran rum, reißt mir einen Knopf ab.

»Hallo, Freundchen«, sagt er aggressiv. »So nicht …«

Es ist mein hellblaues Hemd, das zum Himmel passt und zu meinen Gefühlen. Ich fühle mich gut, weil ich Marga kenne. Ich schaue in das Gesicht dieses gedemütigten Englischlehrers, der mir früher ganz sympathisch gewesen ist, und schlage ihn.

Treffer.

Seine Nase blutet, als hätte jemand eine Blutkonserve aufgestochen. Er hält seinen Zinken fest, das Blut tropft zwischen seinen Fingern durch. Er greift nach Sabines Taschentüchern. Sie sitzt einen Tisch weiter und hat ständig Heuschnupfen. Dann blickt er sich zu mir um und stellt sich vor mich hin. Er hält sich verdammt gut, andere Leute wären nach so einem Treffer zu Boden gegangen.

»Sie fassen mich nicht mehr an«, sag ich und stehe auf. »Wenn mich einer verletzt, wehr ich mich. Falls Sie mir noch mal in die Quere kommen, wird es nicht bei einer blutigen Nase bleiben. Ist das klar?« Ich bin ein paar Zentimeter größer als er. »Ist das klar?«, frag ich erneut.

Er antwortet nicht, woraufhin ich ihm noch mal auf die Nase haue. Er sinkt mit schmerzverzerrtem Gesicht auf die Knie wie zum Gebet und hat Tränen in den Augen.

»Heulsuse«, sag ich und frage: »Ist das klar?«

»Ist klar«, sagt er leise.

Die Klasse ist still. Ich bemerke meine Mitschüler ohnehin nicht, weil ich sie nicht mehr bemerken will. Es ist, als ob du an einer Jauchegrube vorbeigehst und diesen ekelhaften Geruch zu verdrängen suchst. Die meisten auf diesen unbequemen Holzstühlen sind Deppen. Sie haben nichts anderes als ihre kleine Zukunft und diese hoffnungslose Gegenwart von Schule im Kopf. Sie haben keine Idee für eine bessere Welt. Sie wollen nur einfach mehr, aber mehr was? Mehr kaufen?

Frantzen verlässt den Raum. Vermutlich ist es nur ein wenig Nasenbluten, das er hat. Aber er wird einen riesigen Akt daraus stricken. Womöglich geht er sogar zur Zeitung. Leute wie er erleben zu wenig, deshalb ist schon jede Kleinigkeit ein Riesenereignis für sie.

»Du …« Zacharias will etwas sagen, während die andern mich – kaum dass die Tür ins Schloss gefallen ist – anglotzen und mir am liebsten zu den Schlägen gratulieren würden.

»Du hältst am besten die Klappe, sonst kriegst du auch eine aufs Maul«, unterbreche ich Zacharias sofort, ehe er irgendwas Schleimiges von sich geben kann.

Auf dem Flur kommt mir Frantzen entgegen. Er hält ein frisches Taschentuch unter der Nase, und neben ihm geht unser Direktor, der mich anspricht. Ich höre ihn nicht. Man kann auch seine Ohren ausschalten. Warum sollte ich ihn hören? Es gibt keinen Sinn. Ich weiß ja sowieso, was er von mir will und was ich ihm nicht geben möchte: Gehorsam! Ich bin kein Hund. Da ist ein Mann, der spielt mit den Hunden und nennt sich Direktor. Sie drohen damit, die Polizei zu rufen. Soll die doch kommen.

»Tatütata. Ich mag die Polizei«, sag ich. »Wenn Frantzen mich antatscht, werd ich mich ja wohl noch wehren dürfen.«

Der Direktor sieht den Englischlehrer entsetzt an – diese

Null im System wird plötzlich mit einem Vorwurf konfrontiert, der aus einer Ecke kommt, mit der er nicht gerechnet hat. Der hat geglaubt, ich lege mich auf den Rücken und strample wie ein Käfer mit den Beinchen, nur weil der Herr Direktor auftaucht und böse guckt.

Ich erheb meine Faust.

Frantzen zuckt zusammen.

»Memme«, schmetter ich ihm entgegen. »Wenn du auf Jungs stehst, dann mach es bei andern, nicht bei mir.«

Frantzen sieht mich verdutzt an.

»Was glauben Sie, warum ich nicht mehr zur Schule gekommen bin, Herr Direktor? Endlich hat der Grapscher mal Respekt gelernt. Er hat mich zum Äußersten getrieben. Rufen Sie ruhig die Polizei. Ich werde mit denen reden und auspacken. Bislang hab ich geschwiegen. Damit ist jetzt Schluss.«

Auf meinem Hemd ist ein wenig Blut von Frantzen. Am Himmel klebt kein Blut. Egal was wir auf der Erde veranstalten, viel bewegen können wir nicht. Wir können nicht einmal den Himmel verletzen. Wir können nur für uns das Beste aus dieser Welt herausholen oder eben nicht. Alle Tiere und Pflanzen haben eine Nische, in der sie es sich gemütlich gemacht haben. Wir Menschen haben keine solche Nische, die ganze Welt ist unsere Nische, an die wir uns aber nicht anpassen können, sondern die wir an uns anpassen wollen. Doch dafür bräuchten wir einen Plan, einen Menschen, der es richtet, einen Richter. Wenn wir jeden entscheiden lassen, wie die Erde aussehen soll, wird alles den Bach runtergehen. Denn alle wollen Kinder und alle wollen gut leben und alle wollen immer mehr. Das kann nicht funktionieren. Sieht das denn keiner? Wir müssen gegen den Strom schwimmen, gegen die dumpfe Masse, die uns entgegenkommt und mitreißen will. Wir müssen den Lauf des Flusses herumreißen. Die Flüsse müssen die Berge hinauffließen, zurück zu ihren Quellen, zurück in die Erde. Ich gehe zum Ausgang. Ich will nichts mehr mit dieser Schule zu tun haben.

»Komm sofort her, Marvin! Wir müssen das klären.« Der Direktor denkt immer noch, ich sei ein Hund. Ich habe keinen Bock auf diese Fremdsteuerung. Ich will mir meine Fäden selbst aussuchen, an denen ich hänge.

Ich beantworte Margas SMS. *Wo und wann können wir uns sehen?*, schreib ich, stecke mein Handy ein und warte auf eine Antwort. Sie antwortet nicht. Ich verlasse das Schulgelände, höre die Worte des Direktors nicht mehr, die mir folgen wollen.

Ich fahre mit der Bahn bis zum Marktplatz von M und gehe in den Asia-Grill. »Eine Portion gebratenen Reis mit Hühnchenfleisch – Nr. 76.« Der Vietnamese erkennt mich nicht. Es schmeckt gut, etwas zu mild für diesen scharfen Tag, dem schon keine Nacht vorangegangen ist. *Schlaflos in Seattle.* Das war – glaube ich – ein Liebesfilm. Bin ich auch in einem Liebesfilm? Mein Geld wandert in die Registrierkasse. Das Schlitzauge weiß nicht, dass dieses Geld später wieder bei mir landen wird, wenn Sascha oder Guido es da herausholen. Würde ich eine Sturmhaube tragen, könnte er meine Augen sicher erkennen. So aber grinst er breit. Ich seh seine Frau. Sie arbeitet in der Küche. Ihr verkrampftes Gesicht erinnert mich an eine Flasche Essig. Der Mund besitzt fast keine Lippen und die Augen sind klein. Sie steht am Herd, als hätte sie nie ein Typ mit Baseballschläger besucht. Diese Asiaten sind zäh – zähe, geschäftstüchtige Leute. Das ist gut. Sie sind nur leider am falschen Ort. Wir werden ihnen den richtigen Platz in ihrem Leben zuweisen, wir werden sie so lange hier tyrannisieren, bis sie in ihre Heimat gehen. Saschas Methode ist genau richtig. Es reicht nicht, die Ausländer zu verprügeln, wir müssen ihnen auch das Geld abnehmen, das sie uns abgenommen haben. Schließlich haben wir 1938 die Juden auch erst mal enteignet, ehe wir sie in ihre Heimat geschickt haben, sagt Sascha. Gewalt ist nicht mehr als ein Werkzeug, um dieses Ziel zu erreichen. Du brauchst einen Spaten, um den Garten umzubuddeln, du brauchst ein Gewehr, um dein Land zu verteidigen, und ein Baseballschläger liegt einfach gut in der Hand.

M hat eine Einkaufsmeile, die aussieht wie jede Einkaufsmeile zwischen Rostock und München: Kaufhof, Backland, Rewe, dm … Ich laufe in den nächsten Drogeriemarkt und hole Shampoo – *volumengebend* und *farbaktiv* – und fahr mit der Bahn nach Hause. Marga hat sicher meine SMS nicht gehört, sonst hätte sie sich sofort gemeldet. Ich rufe an, aber nur die Mailbox ist dran. Ich spreche nicht drauf.

18.

Meine Eltern sind nicht daheim. Vermutlich ist Mama auf der Arbeit und Vater? Das Shampoo meiner Mutter steht auf der Waschmaschine, direkt neben der Badewanne. Ich drehe die Flasche auf. Das Zeug riecht nach Vanille – genau wie Margas Haar. Heute Morgen habe ich es wieder gerochen – trotz all dem Mief in der Bude. Ich bin um halb sieben auf dem Lattenrost aufgewacht, habe mir ihr Gesicht, auf das die frühe Sonne fiel, eingeprägt und bin zur Schule gegangen. Ich schütte Mutters Shampoo in den Abfluss, rieche ein letztes Mal die Vanille, spüle nach. Ich mag die Farbe Vanille. Babyfarbe. Das neue Shampoo duftet nach Pfirsich-Maracuja. Mutter wird sich über das unerwartete Geschenk wundern. Mein Handy klingelt. Es ist weder Marga noch Sascha, sondern meine Mutter.

»Wo bist du?«, frag ich.

Sie weint. Der Direktor der Schule habe sie angerufen, sagt sie und fragt, ob ich etwas mit dem Angriff auf den Schwarzen zu tun habe.

»Nein«, lüg ich. »Jetzt sag mir erst mal, wo du bist, Mama?«

»Auf der Arbeit«, sagt sie und: »Du belügst mich doch nicht, Junge?«

Ich verneine. Warum sollte ich das tun? Wie kommt sie auf den Gedanken?

Meine Mutter weint wieder, sie sagt nichts mehr, als hätte sie nur angerufen, um zu weinen. Ich denk an den Sandsack in meinem Zimmer. Ob Vater nachher auf ihn einschlägt, wenn er hört, dass ich hier gewesen bin?

»Und wo ist Papa?«, frage ich meine Mutter.

»Zu Hause«, sagt sie.

»Ach so«, sag ich. Ich geh zur Schlafzimmertür meiner Eltern. Er schnarcht. Mein Vater hat keinen Alkohol getrunken. Wenn er trinkt, riecht das ganze Zimmer danach.

»Warum sagst du nichts?«, fragt meine Mutter. »Wo bist du überhaupt?«

»Die Leute schlafen hier«, sag ich. »Ich kann nicht reden.«

»Es ist mitten am Tag«, sagt meine Mutter, die das Weinen aufgegeben hat. »Mit was für seltsamen Leuten bist du zusammen, die am helllichten Tag im Bett liegen? Du machst mir Sorgen, Junge.«

»Ich hab dich lieb, Mama.«

»Werd vernünftig. Du kannst doch sowieso keiner Fliege was zuleide tun.«

»Doch, kann ich.«

»Hör auf, Junge.«

Ich bleibe am Bett stehen und seh meinen Vater. Sein Schnarchen beruhigt. Ich denke an den Anhänger mit dem Würfel. Der Talisman ist aus purem Gold. Marga ist wertvoll.

»Sag doch was, Junge.«

Ich schweige. Ich liebe meine Mutter, aber sie versteht die Welt nicht. Und sie will die Welt auch gar nicht verstehen, weil sie nicht glaubt, dass es einen Zusammenhang zwischen der Welt und unserer Familie gibt. Deshalb kann sie mich nicht verstehen. Ich bin nur ihr Sohn, weil sie mich geboren hat. Für sie ist die Geschichte ein Rad und alles beginnt immer wieder von vorn. Sie merkt gar nicht, dass die Menschheit dabei ist, alles zu zerstören.

Ich lege auf und seh meine Fußspitzen, wie sie aus dem Schlafzimmer und aus der Wohnung gehen.

Am stummen Diener der *Bild* lese ich etwas über unseren Überfall auf den Tänzer. Nick Canavan hat die Sache überlebt. Er wird jedoch nie wieder tanzen können. Immerhin. Das Problem haben wir zumindest aus der Welt geschafft. Ein Schwarzer, der nicht tanzen kann, wird schnell von der Öffentlichkeit vergessen. Ich krame mein Handy raus, um zu sehen, ob ich nicht zufällig die Lautstärke heruntergefahren habe und deshalb Margas SMS nicht hören kann. Und ich stelle mir gerade vor, wie auf der *Bild*-Zeitung der Satz *Deutschland den Deutschen* eingraviert stände – genau wie die Türken auf ihrem Blatt *Die Türkei den Türken* stehen haben. Es läuft wirklich was schief in diesem Land. Es gibt keine Gerechtigkeit und keiner klagt an. Wir sind nur noch zur Selbstanklage fähig. Versager-Nation. Genau da trifft Margas Nachricht ein. Sie würde mich auch gern sehen, schreibt sie, aber es geht heute nicht, sie muss arbeiten.

Und heute Abend?, simse ich ihr zurück.

Lieber nicht, wird heute spät. Und sie fragt, wie es denn mit morgen siebzehn Uhr im Quartier sei?

Ich schreibe, dass ich mit Termin und Treffpunkt einverstanden bin: *Freue mich. Wir müssen unbedingt miteinander reden, aber nicht am Telefon.* Meine Hand ist warm und in meinem ganzen Körper breitet sich Wärme aus. Ich kann nicht beschreiben, wie sehr ich mich auf sie freue.

Ich geh zum Quartier. So bin ich ihr wenigstens schon ein bisschen näher. Die Häuser stehen in Reih und Glied, als wären sie in einem riesigen Labor geklont worden, abgestellt am Rand der Stadt, hellblau gestrichen, gefüllt mit Fleischresten. Hier, an den Rändern der Stadt, leben die, mit denen wir unsere Zukunft aufbauen können.

Ob jemand im Quartier ist?

Die Haustür ist wieder nicht verschlossen. Aber wer soll hier auch einbrechen? Ich drücke auf die 4. Etage.

Der Aufzug schließt sich und öffnet sich am Ziel. Ich geh durch die angelehnte Tür der Nachbarwohnung und drücke sie hinter mir wieder zu, damit keiner das kaputte Schloss bemerkt. Die Bude ist gar nicht so verwohnt, wie sie mir im Dunkeln erschien. Die Matratze ist nicht mehr da. Ich setze mich auf den Lattenrost und erinnere mich an heute Nacht, wie Marga dort vor mir lag. Es sind vier Schritte bis zur Balkontür, dann ein weiterer auf den Balkon. Ich hätte ihr den Würfel geben sollen. Ich hätte ihn einfach hinlegen können. Dort hinten ist die Shell-Muschel. Niemand steht an der Tankstelle, nicht mal der Bus. Was ist los? Tankt heute keiner? Will heute keiner irgendwohin? Alle scheinen zufrieden zu sein. Ich geh zum Balkon.

Eine Frau geht an der Tanke vorbei. Ihre gewellten schwarzen Haare erinnern mich an Marga – sie reichen ihr fast bis an die Taille. Der wippende Rock, der stolze Gang, das könnte Marga sein. Ich wähl ihre Nummer. Die Frau dort unten greift in die Handtasche und zieht etwas heraus. Das wird das Handy sein. Sie ist es. Ich warte, sehe gespannt zu, was die Frau auf dem Bürgersteig an der Shell tut, halte mein Ohr an mein Handy. Aber sie sagt nichts, sondern steckt das Handy wieder weg. Warum geht sie nicht ran? Sie muss doch meine Nummer sehen. Ein Mann kommt ihr entgegen. Sie begrüßen sich herzlich. Er ist genauso groß wie sie. Küsschen rechts, Küsschen links, Küsschen rechts. Er hat schwarzes Haar und dunkle Haut – ein Ausländer? Das kann nicht Marga sein. Ich hab wohl schon Wahnvorstellungen. Ich lasse es nochmals klingeln, aber die Frau, die da mit dem Typen geht, reagiert nicht. Sie steigen in ein Taxi.

Das Fenster zur Küche vom Quartier ist anderthalb Meter weg. Von dort kann man sich zum Balkongitter rüberschwingen. Das hat heute Nacht sogar mit Cognac im Blut funktioniert. Aber in die umgekehrte Richtung ist es schwierig. Ich stelle mich auf das Geländer. Es rostet, aber es scheint trotzdem einigermaßen sicher. Das Schild der Boxer hat auch gerostet. Für eine Sekunde sehe ich Sascha, wie er auf Mauritz eindrischt. Ob der bald wieder aus der Klinik kommt? Wenn ich mit einem Schritt auf die Küchenfensterbank vom Quartier gelange, habe ich es geschafft. Ich kralle mich mit meiner Linken in einer Ritze zwischen zwei Platten fest, wippe ein wenig in den Knien und … hüpf rüber, rüber auf dieses Fensterbrett, das nicht breiter ist als mein Schuh, und rutsch ab. Ich kann mich gerade noch am Fensterrahmen halten, weil das Fenster offen steht. Sie haben es heute früh nicht zugemacht, sonst läge ich jetzt unten und wäre tot.

In der Küche brennt sogar noch Licht. Oben auf dem

Kühlschrank thront wieder das Terrarium. Die Spinnenpopulation ist geschrumpft, aber es gibt neue Spinnweben.

Ich gehe ins Wohnzimmer, wo die Flaschen noch rumstehen. Ein nasser Fleck auf dem Polster vom Sofa. Ich fasse hin, riech dran. Urin. Ekelhaft. Sascha hat da gelegen, soweit ich mich erinnern kann. Solche Nächte hinterlassen ihre Spuren, selbst bei den Anführern. Nur da draußen bleibt alles beim Alten. Die Erde versucht, sich unter dem Würgegriff der Menschheit wegzudrehen. Ich gehe zum Rechner und lese im Internet, dass sie nach uns fahnden. *Eine Gruppe Neonazis hat den Sänger und Tänzer …* blablabla. Das weiß ich doch schon alles. Wir sind der Störfaktor, wir sind es, die ihr nicht manipulieren könnt, weil wir das tun, was wir für richtig halten. Wir sind die einzige wirkliche Alternative, weil wir nicht im System denken, sondern außerhalb. Ich tippe meine Gedanken in die Mail und schicke sie zum *Boten.* Return und ab damit, kein Absender, nur Gedanken.

Ich setze mich in den Sessel und lege die Füße auf den Tisch. Meine Augen sind schwer. Ich schicke eine SMS an Sascha. Vielleicht kommen er und meine Kameraden heute noch hier vorbei. Die Musik, die ich im Rechner aufrufe, lullt mich ein. Hannes Wader heißt der Sänger: *Ja auch dich haben sie schon genauso belogen, so wie sie es mit uns heute immer noch tun. Und du hast ihnen alles gegeben: deine Kraft, deine Jugend, dein Leben.* Da hat er recht. Die Soldaten werden stets betrogen in Deutschland. Wir müssen zu ihnen stehen, auch wenn sie für uns am Hindukusch kämpfen und aus irgendeinem Grund die Mohnfelder nicht abfackeln dürfen. Ich sehe bei Google Earth rein und gucke mir Afghanistan an, aber selbst in Kabul muss ich an Marga denken. Sie ist in meinem Kopf und …

Ich weiß nicht, warum ich aufwache. Keiner ist gekommen und hat die Tür zugeknallt, mein Handy hat nicht geklingelt. Nichts ist passiert. Warum wachen wir überhaupt auf? Wie funktioniert das?

Ich weiß nicht, wie spät es ist. Sicher ist schon Abend, denn der abnehmende Mond ist das einzige Licht am Himmel. Die Sterne sind in der Stadt selten zu sehen. Sie ziehen nachts aufs Land. An der Shell steht endlich wieder ein Bus. Ich muss an die Frau dort unten denken, die Marga so ähnlich sah. Was sie wohl mit dem Typen macht? Auf dem Gehweg vor dem Haus brennen die Laternen in einem Abstand, der so groß ist, dass er dunkle Zwischenräume zulässt. Als Frau würde ich dort in der Nacht nicht entlanggehen.

Ich nehme das Handy. Keiner hat mich angerufen. Keine SMS. Funkstille. Nicht einmal Sascha, nicht einmal meine Mutter. Aber die ruft – glaub ich – vorerst sowieso nicht mehr an. Sie wird denken, dass Vater ihr das Shampoo geschenkt hat. Vielleicht drückt sie ihm einen Kuss auf die Wange, wenn sie geduscht aus dem Bad kommt, und flüstert ihm ins Ohr: »Danke.«

»Wofür?«, fragt er erstaunt.

»Du weißt schon«, sagt sie.

Er weiß es nicht, aber er freut sich über ihre Liebe. Ich stelle mir die Szene vor und kann meine Eltern in meinem Kopf hören, als wären sie hier. Der Geruch von Vanille. Ich wähle Margas Nummer. Du musst eine Frau kennenlernen, damit du etwas zu lieben hast. So denkt Vater. Marga geht nicht ran, obwohl ich es unendlich lange klingeln lasse. Sascha geht ebenfalls nicht ran, aber bei ihm springt wenigstens die Mailbox an. Was ist los mit allen? Ist die Welt plötzlich leer?

Mein Handy klingelt. Saschas Nummer. »Warum hast du mich gerade angerufen?«, fragt er.

»Ich bin im Quartier.«

»Ich nicht«, sagt er spöttelnd.

»Und wo bist du?«

»Wir waren gerade noch mal beim Asiaten, Geld einkassieren.«

»Schon wieder?«

»Wir müssen ihn häufiger inspizieren. Er braucht Betreuung. Du warst ja heute auch schon hier, scheinst den Reisfraß richtig zu mögen.«

»Wie kommst du darauf?«

»Er hat dich erkannt. Du bekommst natürlich die 6,60 Euro von mir zurück. Ich werde ja keinen Kameraden beklauen.«

»So viel habe ich ihm nicht gegeben.«

»Zinsen«, sagt Sascha und lacht schallend in den Hörer. »Die Juden nehmen doch auch Zinsen.« Wieder lacht er. Er hat die Angewohnheit, die sonst nur Showmaster haben. Er lacht sofort über seinen eigenen Scherz, sodass alle wissen, dass sie mitlachen sollen.

»Sehr witzig«, sag ich.

»Was ist das denn für ein Ton? Bist du schlecht drauf? Vermisst wohl mein Schwesterchen.«

»Hab ich das gesagt?«

»Ich weiß es.«

»Wo ist sie denn?«, frag ich.

»Marga ist im Dienst für die Menschlichkeit unterwegs«, sagt er.

Ich höre, wie eine zweite Person im Hintergrund schallend loslacht.

»Ist Tobias bei dir?«, frag ich.

»Ja.«

»Der mag Marga wohl nicht.«

»Er mag sie mehr, als du ahnst, aber sie ist meine Schwester und damit tabu für euch. Ich brauche sie für andere Dinge. Sonst verliebt sie sich noch in eine von euch Flitzpiepen und liegt mir für immer und ewig auf der Tasche.«

»Ich denke, sie zahlt alles.«

»Weil ich mich um sie kümmere«, sagt Sascha. »Sonst hätte sie nie einen ordentlichen Job gekriegt. Meine Schwester braucht eine starke Hand. Die kannst du ihr nicht bieten.«

Ich stocke einen Moment. Ist das jetzt ernst gemeint?

»Und was macht ihr gerade?«, erkundige ich mich.

»Nichts«, sagt Sascha. »Wir müssen vorsichtig sein.«

»Warum?«

»Die Bullen können doch eins und eins zusammenzählen. Wir bedrohen den Bimbo und dann wird der Bimbo erlegt.«

»Aber sie wissen doch nicht, dass wir es waren.«

»Das stimmt. Aber sie hören sich in der Szene um. Bei einem von Guidos Kameraden waren sie schon. Also ist auf alle Fälle Zurückhaltung angesagt. Das gilt auch für dich.«

»Kommt ihr heute noch her?«

Er geht nicht auf meine Frage ein, sondern sagt eindringlich: »Hast du kapiert? Kein Wort zu niemandem.«

»Ich bin allein hier. Wem soll ich denn was erzählen?«

»Willst du mich verarschen?«, fragt Sascha.

»Ne, war nur ein Scherz ... Kommt ihr noch?«

Die Antwort ist: »Nein.«

Die ganze Nacht allein hier im Quartier, das halt ich nicht durch. Ich brauche jemanden, mit dem ich mich unterhalten kann, sonst kreisen meine Gedanken nur noch um Marga. »Wie bist du eigentlich in die Bude reingekommen?«, möchte Sascha wissen.

Ich erzähl es ihm.

»Beachtlich«, sagt er, dann legt er auf.

Ich rufe die Seite mit den enttarnten Verfassungsschützern auf. Die Aktion am Lidl war cool. Aber die Seite auf dem Netz kommt nicht. Sie ist gesperrt. Verdammt. Ich fühle mich einsam. Nach Hause kann ich nicht. Meine Mutter würde mich jetzt mit Fragen überhäufen. Aus diesen Fragen komme ich nicht mehr raus. Ich rufe noch einmal Sascha an. Er geht nicht ran. Ich werde ihn und meine Kameraden in der Stadt suchen. Ohne Marga und ihren Bruder bin ich nicht komplett. Ich will nicht klammern, aber ich wähle Margas Nummer. Doch sie geht nicht an dieses blöde Handy. Noch mal. Jetzt hat sie es ausgestellt. Warum hat sie das getan? Sie muss doch meine Nummer sehen, wenn ich sie anrufe. Warum geht sie nicht dran? Es macht mich rasend. Ich versuche es wieder und wieder. Vergebens.

Wenn sie später ihr Handy hochfährt, wird sie sehen,

dass ich es zigmal probiert hab. Es beweist ihr, wie sehr ich sie brauche, aber es ist auch gleichzeitig verdammt peinlich. Ich habe mich nicht unter Kontrolle, kein bisschen. Frauen mögen es nicht, wenn man ihnen hinterherläuft. Sie sind wie Katzen. Du musst sie kommen lassen. Wenn du auf eine Katze zuläufst, ist sie sofort weg.

19.

Die Bahn fährt mich zum Marktplatz in die Innenstadt. Keine Spur von Sascha & Co., nur die üblichen Penner lungern am Springbrunnen rum. Sie sind dort winters wie sommers. Pennerticken. Du suchst dir einen von ihnen raus und machst ihn fertig. Penner sind ein gutes Übungsmaterial, denn sie wehren sich manchmal. Sie sind anders als Asiaten. Sie sind nicht unterwürfig. Sie fallen nur kurz in eine Starre, lassen sich schlagen und demütigen, dann lehnen sie sich auf. Als würden sie sich kurz dran erinnern, dass sie früher stolze Männer waren. Ob du diesen letzten Stolz in ihren Augen auslöschen kannst, daran musst du dich selbst messen, hat mir Sascha erklärt. Pennerticken sei etwas für die Seele. Ich habe noch nie einen Penner getickt. Sascha will mich in den nächsten Tagen mitnehmen.

Vielleicht haben sie ja gerade in der Kanalstraße einen Penner am Wickel. Die Straße hinter dem Bahnhof ist hübsch. Es gibt dort gute Restaurants, aber eben auch Penner. Die Passanten kümmern sich nicht drum, wenn Sascha und meine Kameraden die Obdachlosen ticken. Sie hassen die stinkenden Typen vermutlich genauso wie wir.

Ich biege in die Kanalstraße ein. Statt Sascha kommt mir ein Penner entgegen. Er stinkt nach Urin und Schmutz.

»Hast du Kleingeld?«, fragt er mich.

Ich sage »Ja« und grinse ihn an.

Er stinkt und ich grinse.

»Ich gebe dir aber keins«, sag ich.

»Dann wünsch ich dir trotzdem eine ruhige Nacht in deinem Bettchen.«

»Was soll dieser Spruch?«, frag ich ihn.

»Was willst du von mir?«, fragt er mich.

»Dass du abhaust.«

Da fährt plötzlich seine Hand aus und greift nach meiner Kehle. Eh ich mich versehe, hat er mich gepackt. Ich will seine Hand wegschlagen, aber er drückt mir die Luft ab und reißt mich um. Ich kann ihn nicht abschütteln, er hockt auf mir drauf. Dieser menschgewordene Gestank schaut mir in die Augen: »Na, du kleines Faschoschwein.«

Ich würde am liebsten um Hilfe schreien. Aber wer soll mir helfen? Aus den Restaurants dringt das Licht auf die Straße. In der Ferne gibt es zwei Läden, die haben die Stühle vor die Tür gestellt. Doch das ist zu weit weg. Und von denen wird mir bestimmt niemand helfen.

Der Mann ist gar nicht so alt. Es sind der Bart, die gelben Zähne und die abgelebten Klamotten, die ihn alt machen. Grünblaue, hellwache Augen hat er. Er presst meine Arme stärker auf den Boden. Es schmerzt in den Schultern. Er beugt sich zu mir hinab. Sein Gesicht nähert sich meinem. Es ist eine von diesen Situationen, in denen das eine Raumschiff an das andere andocken will. Er fährt die Luke auf. Es ist ekelhaft und es stinkt aus ihm raus. Der Gestank meines Vaters.

»Hast du Geld?«, fragt er.

Mir wird schlecht. Ich muss mich übergeben, woraufhin sich der Penner sofort angewidert erhebt und mir den Fuckfinger zeigt. »Ist ja ekelhaft«, sagt er. »Typen wie du müssen von hinten und mit Baseballschläger kommen, sonst sind sie nichts wert.«

Ich wisch mir das Erbrochene von der Wange. Meine Füße sind schwer. Ich geh zurück zum Marktplatz in eine Dönerbude. Der Laden ist riesig wie die Kantine von der Papierfabrik, in der meine Mutter arbeitet. Vorn kannst du dir was auf die Hand braten lassen. Currywurst wird zerkleinert. Ein Typ mit Schlägerkappe steht vor dem Griechen oder Türken oder was immer der Mann am Grill ist. Deutscher ist er jedenfalls nicht. Hinter ihm dreht sich der Döner.

»Du kannst hier nicht aufs Klo«, sagt er über die Theke hinweg zu mir. Der mit der Schlägerkappe dreht sich zu mir um und hat Mitleid im Blick. Halten die mich für einen Penner oder was?

Ich lauf einfach weiter auf die Tür zu, über der ein H und ein D stehen. Dazu muss ich vier Tische umschiffen, an denen ältere Typen hocken. Ich geh auf die Toilette und wasch mich. Als ich wieder rauskomm, hör ich Fetzen von einem Gespräch der Angetrunkenen, die sich ihre Pommes und die Wurst kaum noch leisten können: » … die arbeiten wie die Bienchen. Was willst du da machen? Ich möchte die Arbeit nicht machen, die die Kanaken tun.«

Die Deutschen, die hier im hinteren Teil des Dönerladens sitzen, haben schon aufgegeben. Die arbeiten längst nicht mehr.

»Beim nächsten Mal suchst du dir woanders ein Klo«,

sagt der Mann hinter dem Grill abfällig zu mir und kassiert die Schlägerkappe ab.

Ich brauch Sascha. Ich brauch meine Kameraden, sonst werde ich heute Nacht noch verrückt. Mein Blick fällt beim Rausgehen auf die Uhr, die einen leuchtenden Wasserfall im digitalen Zifferblatt hat: 23.17 Uhr. Meine Eltern liegen sicher im Bett – zumindest Mama. Vater hält sich noch am Fernseher fest. Oder diskutiert die Welt an der Tanke, wo die Wagen halten und kommen und gehen wie Ebbe und Flut. Die Amerikaner wollen nach neuen Ölvorkommen in der Arktis bohren. Die Polkappen schmelzen wie Eis im Sommer, und die machen weiter, als würde die Erde Rücksicht auf uns nehmen müssen und nicht umgekehrt. Meine Mutter hat gesagt: Ich muss den Kühlschrank auch von Zeit zu Zeit abtauen. Vater hat gelacht. Das ist der einzige Kommentar, den Mutter zur Klimakatastrophe hat. Das ist zynisch und dumm. Warum haben sie mich überhaupt in die Welt gesetzt, wenn sie kein Interesse an der Zukunft haben?

Die Laternen auf dem Marktplatz brennen, sie saugen das Licht aus den Sternen. Ich will da rauf, ich will zu Marga. Sie geht nicht ran. Ich stecke das Handy wieder ein. Geld hab ich keins mehr, um mir noch etwas zu essen zu kaufen. Wo soll ich hin? Nach Hause kann ich nicht und im Quartier will ich allein nicht sein. Zudem hab ich Idiot das Küchenfenster zugemacht. Ich kann also jetzt von der Nachbarwohnung aus gar nicht mehr einsteigen. So blöd kann auch nur ich sein.

Die Stadt wird langsam leer. Wenn mein Vater mich sehen könnte, wie ich hier mitten in der Nacht rumlaufe, als ob ich kein Zuhause hätte, würde er ausflippen. Vor dem Café Orange steht das Pärchen, das ich heute an der Tanke gesehen hab. Ich geh auf die beiden zu, sehe nur sein Gesicht. Er küsst sie über ihre Schulter hinweg im Nacken. Sie sträubt sich. Was macht der da? Ein Pakistani oder Inder im Anzug schleckt eine Deutsche. Was für ein abstoßendes Bild. Der Kerl merkt, dass ich ihn anseh, und wirft mir einen fragenden Blick zu. Was fragt der sich da noch? Er kommt aus einer indischen Kaste und belästigt eine deutsche Frau. Und ich bin Deutscher.

Die Frau, die er abschleckt, scheint zu merken, dass er nicht mehr ganz bei der Sache ist. Sie dreht sich zu mir um.

»Marga!«, ruf ich. Ich kann es nicht glauben. Es ist wirklich Marga. Ich denke, sie arbeitet. Sie starrt mich stumm an. Sie sieht so unschuldig aus.

»Du Wichser!«, schrei ich dem Inder entgegen, der mich entsetzt ansieht. Ich greif mir den Typen und will ihn zusammenschlagen, hab ihn schon am Hemdkragen gepackt, während er ständig »Help!« und »No!« ausstößt.

Da hält mich Marga zurück.

»Was ist?«, schrei ich sie an. »Dieser Typ hat dich begrapscht!«

»Er zahlt dafür!«

Ich lasse den Kerl los, der Marga in Englisch fragt, ob sie Marga heiße. Ihm muss sie wohl erzählt haben, sie heiße Marabel. Gibt es so einen Namen überhaupt? Wie nuttig das klingt. Auf so was stehen die Inder wohl.

»Verpiss dich!«, sag ich und stoße ihn weg. Marga würde ich am liebsten schlagen, damit sie zur Vernunft kommt, aber ich kann es nicht. Sie sieht mich an wie ein hilfloses Tier.

»Hör mir zu«, sagt sie. »So darfst du ihn nicht behandeln. Er hat mich für den heutigen Abend gemietet. Ich bin seine Begleitung.«

Ich kapier gar nichts mehr und will nur noch heulen. Die Wut zieht sich in meinem Magen zu einem Feuerball zusammen.

»Du Nutte!«, schrei ich sie an und bekomme von ihr eine gescheuert.

Sie geht zu dem Inder und mit ihm fort.

Ich setze mich auf die oberste der drei Stufen vor dem Café Orange und weiß nicht, was ich fühlen soll. Ich weine.

»Was machst du denn hier?«, ruft eine lallende Stimme. Tobias kommt mit Mark und Sascha auf mich zu. Ich wische schnell meine Tränen weg. »Ihr seid Arschlöcher«, sag ich. »Und deine Schwester auch. Die macht hier mit einem Inder rum.«

Sascha und meine Kameraden lachen. Dann tritt er mir brutal gegen das Knie. »Du hattest bislang Welpenschutz, aber übertreib es nicht, Kamerad. Dass du so naiv bist, dafür können wir nichts. Sei froh, dass du bei unserer Sache mit dabei sein darfst. Wir können dich jederzeit rauswerfen. Aber das tun wir nicht.«

»Weil ihr Angst habt, ich könnte plaudern.«

»Weil wir dich mögen.«

Sascha hält mir die Hand hin. »Steh auf und komm mit uns.«

Sie halten mich wirklich für dumm, aber ich nehme

seine Hand, weil sonst keine da ist. Ich tu mir selbst leid und weiß es und tu mir trotzdem leid.

»Lass uns gehen«, sagt er. »Wir sollten uns nicht gegenseitig fertigmachen. Wir sind der Störfaktor in dieser Gesellschaft, weil wir eine Ehre haben, wo dieser Staat nur Fett besitzt.«

Wir gehen runter zur Elbe. Sascha erklärt die Welt, sagt, die meisten Menschen seien nur wie Figuren in einem Spiel. »Du kannst sie nach den unterschiedlichsten Spielregeln miteinander agieren lassen. Aber im Grunde macht nur jeder mit, weil er träge ist oder an seine kleine Welt denkt, an sein Haus, seine Kinder und die Möglichkeit, sich satt zu essen. Am liebsten würden sie natürlich gerne die hübsche Frau vom Nachbarn vergewaltigen oder ihm den Porsche wegnehmen. Aber wir leben in diesen Spielregeln. Wir müssen dafür sorgen, dass dieses Spiel nicht bald zu Ende geht, indem wir das Spielfeld zerstören. Und dazu bedarf es eines klugen Kopfes, der alles richtet.«

»Und wo soll der herkommen?«, will Tobias wissen.

Sascha nickt. »Gute Frage. Du glaubst, das ist wie bei den Juden. Die warten bis heute auf den Messias. Aber unserer wird schneller kommen. Wir müssen nur das Spielfeld für ihn vorbereiten.«

Das Ufer ist um diese Uhrzeit nicht mehr beleuchtet. Nur der Dome strahlt noch. Vermutlich haben sie ohne Problem Ersatz für den Schwarzen gefunden – es gibt so viele Schwarze, die singen und tanzen können. The show must go on. Wo mag Marga jetzt mit dem Typen sein? Im Bett?

»Die vier Fünfziger von gestern waren also gar nicht von

ihrem Ehrenamtler-Büro, sondern von einem Freier«, sag ich.

»Meine Schwester ist keine Nutte. Sie begleitet Messegäste, damit sie einen schönen Tag in M verleben.«

»Du glaubst doch nicht, dass sie nicht mit dem Inder ins Bett geht«, sagt Tobias.

»Bis auf die Tatsache, dass der Typ ein Kanake ist, macht sie nichts Unrechtes. Wenn sie mit ihm ins Bett gehen würde, würde viel mehr Kohle rüberwachsen. Mein Schwesterchen macht das aber nicht.«

Tobias glaubt ihm vermutlich genauso wenig wie ich. Nie wieder werde ich Sascha glauben. Er hat so etwas Heimtückisches. Diese Falten, die von seiner Nase zum Kinn runterlaufen, sind tief wie Schützengräben, in denen sich Lügen verbergen. Lügen verstecken sich in all den Gesichtern meiner Kameraden. Sie verraten die Sache für ein paar Euro und ich Idiot mache noch dabei mit. Sie werden der Sache schaden. Aber es wird ihnen nicht gelingen, denn die Sache ist gut, auch wenn sie selbst verlogen sind.

»Ich werde aussteigen«, sag ich. Kaum dass die Worte meinen Mund verlassen haben, bekomme ich Angst. Wie konnte ich nur so was sagen?

»Kleiner Scherz«, sagt Mark, der die ganze Zeit teilnahmslos hinter uns hergelaufen ist. »Ich hab keine Lust, schon wieder jemanden über die Klinge springen zu lassen.«

Die drei lachen. Ich lache mit und sage: »War ein Scherz.«

Wir gehen am Ufer des Flusses entlang. Wenn sie mich umbringen wollen, müssen sie mich nur verprügeln und in die Elbe werfen. Aus und vorbei. Hier ist die Strömung stark genug, um mich ins Nimmerland zu schwemmen.

»Du kriegst noch eine Chance von uns«, sagt Sascha. »Genau wie Mark, obwohl er mich für einen Verräter gehalten hat.«

»Und was soll ich dafür tun?«

»Nichts«, sagt er. »Gar nichts. Du kriegst einfach eine Chance. Mach so was aber nie wieder. Hörst du?« Er packt mich am Ohr und flüstert hinein: »Hörst du?«

»Ja.«

»So ist gut«, sagt er und lässt mich wieder los. Mein Ohr schmerzt. Ich merke, dass die Wunde, die mir mein Vater am Ohrläppchen zugefügt hat, wieder aufgerissen ist. Das Blut läuft mir warm in den Nacken. Es ist, als würde dir eine Schnecke über die Haut kriechen. Ich fasse nicht hin. Es ist mir egal.

In der Nacht fahren nur wenige Schiffe auf dem Fluss. Sie transportieren Metall oder Kohle, manche sind mit riesigen Containern beladen. An der Elbe liegt Dresden. Kommen sie gerade dorther? Oder kommen sie aus Magdeburg? Die Schiffe besitzen Radar und tuckern in der Dunkelheit ohne Unterlass gegen die Strömung, als würden sie an einem Seil sicher durch die Fahrrinne gezogen.

Sascha tippt eine SMS. »Wem schreibst du?«, will Mark wissen.

»Seit wann gehen dich meine SMS etwas an? Lass mich in Ruhe.« Sein Ton erinnert mich an gestern, als Sascha Mark vor der Nachbarwohnung im Hausflur ausgeknockt hat. »Wir müssen ins Quartier. Ich ruf Guido an, damit er mit seiner Truppe auch vorbeikommt.«

»Wieso?«, will Tobias wissen.

»Wir müssen das mit dem Neger mal ausführlich durchsprechen. So wie sich einige Leute jetzt verhalten, ist mir das zu unkoordiniert. Wir befinden uns in einer gefährlichen Situation. Die Bullen sind hinter uns her und alle müssen funktionieren.«

»Stimmt«, sagt Tobias und kickt einen Stein in die Elbe. Er ist bettschwer und hat keine Lust auf eine nächtliche Lagebesprechung. Er sieht mich vorwurfsvoll an: »Dein Spruch eben war scheiße, Marvin. Tillst du eigentlich?«

Ich schweige.

Tobias schubst mich zum Ufer.

»Was soll das?«

»Damit du besser nachdenkst, eh du die Klappe aufmachst.«

Mir wird heiß. Wollen die mich fertigmachen?

»Lass den Kameraden«, sagt Sascha. »Wir haben ihm eine Chance versprochen, die soll er haben. Abmarsch zum Quartier.«

Bis auf Marga werden sich dort gleich alle einfinden. Wir überqueren wieder die Elbuferstraße und kommen zu einem Platz. Eine Polizeistreife kreuzt ihn. Soll ich um Hilfe rufen? Das wäre Selbstmord.

»Steig schon ein«, sagt Mark.

Ich klettere in den Toyota. Mark schubst mich von hinten. Ich sitze sonst meist an der Tür. Warum nicht diesmal? Warum nehmen mich Mark und Tobias zwischen sich? Zufall? Ich glaub nicht an Zufälle. Sechs Seiten hat der Würfel und alle haben sechs Punkte. Ich nehm mein Handy und schreib eine SMS an Marga: *Treffen uns alle im Quar-*

tier. Komm bitte auch, vermisse dich. Das ist gelogen, denn die Geschichte mit dem Inder hat die Schmetterlinge in meinem Bauch ausgeknockt. Aber wenn Marga im Quartier ist, wird mir Sascha nichts tun – nicht vor den Augen seiner Schwester. Draußen ist die Nacht endgültig. Wir heizen über die Nord-Süd-Tangente, die einer Autobahn gleicht. Saschas Handy piepst: SMS. Er liest, während der Zeiger des Tachos auf 130 km/h zeigt.

Er dreht sich zu uns rum und schmettert mir ein »Du Idiot!« entgegen. »Warum hast du Marga gesimst? Bist du bekloppt?«

Warum hat sie ihm geschrieben? Ich muss aus dem Wagen raus. Wir rasen im Toyota über die Green Mile und ich hocke einfach stumm und geduldig zwischen meinen Henkern auf dieser Sitzbank. Vor dem Quartier wird die Lage nicht besser. Wir steigen aus. Tobias und Mark nehmen mich in den Arm. Ich habe keine Chance abzuhauen. Ahnen sie meine Fluchtgedanken? Sie reden laut über mich hinweg von Stoff. Der Dealer – ein gewisser Pascal –, der sie ab und an beliefert, ist Deutscher. Aber der Oberdealer ist ein Marokkaner, der sich nicht selbst traut, mit der Szene Kontakt aufzunehmen. Deshalb hat er deutsche Dealer zwischengeschaltet. Diesem feigen »Teppichhändler« würden sie gern eins auswischen.

»Wo hat eigentlich Guido gestern die Pillen hergehabt?«, fragt Mark.

Tobias zuckt mit den Schultern.

»Hey, habt ihr kein anderes Thema?«, fährt Sascha die beiden an. »Wir haben hier ein Problem. Wir sind die Störfaktoren und wir können uns selbst keinen Störfaktor leisten.«

Oben im Quartier brennt Licht. Marga steht am Balkonfenster. Sie war wohl schon in der Nähe, als ich die SMS gesendet hab. Ich muss an gestern Nacht denken. Von hier unten ist das Balkonfenster der Nachbarwohnung nicht zu sehen. Da ist ja sowieso keiner. Nur ein paar wertlos gewordene Erinnerungen.

20.

»Ich habe auf dich gewartet«, sagt sie, kaum dass ich in der Wohnung bin. Ich will es nicht, aber sofort kriege ich wieder Magenkribbeln. Ich halte es einfach nicht aus ohne sie und nehme sie in den Arm.

Da greift mich Sascha an der Schulter. »Du setzt dich in den Sessel und du« – er zeigt auf Marga – »setzt dich da auf den Bürostuhl.« Ich gehorche. Marga auch, obwohl sie sagt: »Ich lasse mir nicht von dir vorschreiben, wo ich sitze.«

»Kann sein«, sagt er, »aber …« – er führt sie zum Drehstuhl – »… wir müssen einen kühlen Kopf bewahren. Da können wir uns keine Lovestory erlauben. Denn so wie ich das sehe, wird der Neger sterben.«

»Wieso?«, frag ich.

»Weil wir es im Radio gehört haben. Der liegt auf der Kippe. Wir wollten dich nur nicht beunruhigen. Aber so wie du eben reagierst hast, müssen wir jetzt alle Karten auf den Tisch legen.«

Keiner weiß, was nun geschehen soll. Wir warten auf Guido.

»Darf ich wieder aufstehen und zumindest etwas aus dem Kühlschrank holen?«, fragt Marga.

Ich weiß, dass sie dort nichts finden wird, aber ich schweige. Sie geht an mir vorbei und fährt mir mit der

Linken durchs Haar – ganz auffällig. Ich weiß nicht, was das soll. Will sie Sascha provozieren? Ich halte sie an der Hand fest.

»Lass mich los«, sagt sie.

»Was war mit dem Inder?«, frag ich.

»Ja, was war eigentlich mit dem Inder?«, will auch Sascha wissen.

»Das war ein Portugiese, ihr Idioten.« Sie geht zu ihrer Handtasche und holt Geld aus dem Portemonnaie und knallt es Sascha auf den Schoß. Als er sein Portemonnaie zückt und das Geld einsteckt, scheuert sie ihm eine: »Du Zuhälter!«

Plötzlich ist es still im Raum. Dann stemmt sich Sascha aus dem Sessel.

»Willst du mich schlagen?«, fragt sie. »Dann tu's. Trotzdem werde ich kein Geld mehr an dich abliefern. Und den ganzen Piss hier, den kannst du dir in den Hintern schieben.«

»Das weiß ich«, sagt Sascha.

Es klingelt. Tobias geht zum Balkonfenster und schaut runter: »Guido und die Kameraden sind im Anmarsch.«

»Interessiert nicht«, sagt Sascha. »Ich hab hier mit meinem Schwesterchen zu reden.«

»Lass uns gehen«, sag ich zu ihr. Sascha ist zu allem fähig.

»Fresse«, blafft er mich an und blickt Marga in die Augen, als wolle er sie umbringen.

Im Treppenhaus hören wir Schritte. Es klopft. Tobias macht die Tür auf. Damit ist die komplette Mannschaft, die auch bei der Hatz auf Nick Canavan dabei war, an

Bord; plus ein schlaksiger Kamerad von Guido, den ich nicht kenne. Er kann höchstens fünfzehn sein.

»Was ist jetzt, Schwesterchen? Du wolltest gehen, aber allein«, sagt Sascha. »Und du lässt sie besser los, Marvin. Mit dir hab ich sowieso noch zu reden.«

»Das kannst du auch, wenn ich dabei bin«, sagt Marga. Sie weiß, dass sie mein einziger Schutz ist, und sie will mich schützen.

Sascha erhebt seine Hand gegen sie. Marga zuckt nicht. Da verpasst er ihr eine Ohrfeige, die sie von den Beinen holt. Was soll ich machen? Ich darf das nicht zulassen! Aber ich bekomme meine Faust nicht geballt. Ich habe Angst. Marga berappelt sich, springt auf und schlägt wutentbrannt auf ihren Bruder ein. Vergebens. Er bekommt ihre Arme zu fassen und dreht sie ihr auf den Rücken. Marga schreit vor Schmerz. Das darf ich nicht zulassen. Ich stoß ihn weg. »Lass sie in Ruhe, Sascha!«

»Wenn du es sagst, dann werde ich das natürlich tun«, sagt er und lacht hämisch. Seine Falten zwischen Nase, Wange und Kinn werden noch tiefer. Ich hab keine Chance. Es ist, als ob sich die Maus gegen die Katze auflehnt. Die Maus kann nur entkommen, mehr als ihr Leben kann sie nicht gewinnen. Jetzt lachen alle über mich. Diese Schweine. Keiner von denen hat eine Frau wie Marga verdient. Schon als Tobias und Mark Frau Jüssen im Bus fertiggemacht haben, hätte ich aussteigen müssen.

»Na, was ist jetzt?«, schreit Sascha seine Schwester an. »Die Flitzpiepe hilft dir nicht.« Und er wendet sich mir zu, haut mir ohne Ansatz aufs Ohr. Es schmerzt höllisch. »Wehr dich!«, befiehlt er mir. »Du Null sollst dich wehren!«

»Hey«, sagt Tobias. »Da unten sind Bullen!«

Guido und seine Kameraden stürmen zum Balkonfenster.

Sascha zischelt seiner Schwester zu: »Na, du Schlampe. Jetzt hast du den Salat, bist selbst schuld, wenn sie dich auch einbuchten.« Sascha greift ihr in die Haare und sagt: »Ich wollte dich schützen, aber du hörst ja auf diesen Idioten.« Er stößt sie nieder.

Hat er geahnt, dass die Polizei kommt?

Unsere Kameraden sind wie elektrisiert, stehen am Balkonfenster und reden. Guido hat einen Revolver dabei, mit dem er herumfuchtelt. Als Sascha den Revolver aus dem Augenwinkel erblickt, sagt er: »Steck weg. Du bist ja noch bescheuerter, als ich dachte.«

»Halt die Klappe«, sagt Guido und richtet die Waffe auf Sascha. »Du hast doch nicht mal deine eigene Schwester unter Kontrolle.«

»Nur weil du das Teil in der Hand hast, fühlst du dich als großer Macker?«, sagt Sascha und geht auf Guido zu. Ich helf Marga auf und nehme sie in den Arm.

Guido hält ihm den Revolver vors Gesicht.

»Seid ihr total durchgeknallt!«, schreit Marga und will Sascha stoppen, doch der stößt sie weg.

»Ich knall dich ab«, sagt Guido. »Komm mir nicht zu nahe.«

Aber Sascha kommt näher. Der Raum scheint mir auf einmal so groß und Marga so weit fort, wie sie dort heulend auf dem Sofa sitzt. Sie hat Angst um ihren Bruder. Sie liebt ihn, aber er begreift es nicht. Wir sind alle hilflos. Wir sind alle Mörder. Sascha weiß, dass Guido schießen wird, aber er lässt sich nicht aufhalten.

»Lass ihn!«, schrei ich Sascha von hinten an. »Der bringt dich um! Sieh das doch ein!«

Sascha dreht sich zu mir um. »Wegen dir Idiot ist das alles passiert«, sagt er.

»Komm zu mir, Marvin«, sagt Guido mit ruhiger Stimme. Er fühlt sich sicher. Und zu Sascha: »Wenn du meinem Kameraden was tust, knall ich dich ab.«

Was soll ich tun? Ich höre Guido, wie er wiederholt: »Komm her. Der ist doch fertig. Komm zu mir.« Ich geh um Sascha herum auf Guido zu, auf Tobias und Mark, die sich hinter den neuen Anführer geschart haben, und ich seh den Hass in Saschas Augen. Ich geh immer dahin, wo der Stärkere ist. Ich beuge mich stets zum Licht.

Da stürmt Sascha auf mich zu. Warum schießt Guido nicht? Warum hilft der mir nicht? Ich kann mich nicht bewegen, ich kann nicht weglaufen. Die andern – auch Guido – tun einen Schritt zur Seite. Meine Kameraden sind plötzlich so weit weg. Alles geschieht wie im Traum, ich beobachte nur, gehöre nicht dazu, nicht hierher. Und Marga? Sie ist aufgesprungen und schreit: »Lass ihn in Ruhe!« – und springt Sascha in den Rücken. Der stolpert und fällt an mir vorbei. Das Glas neben mir splittert …

21.

Unten auf dem Gehweg liegt ein Toter in den Glasscherben. Das Blut rinnt aus seinem Kopf über die Platten in den Gulli, als wolle es sich unter der Stadt verteilen wie Alkohol in deinen Adern. Es könnte mein Blut sein. Aber ich stehe hier im vierten Stock über den Dingen und halte Marga eng umschlungen. Wir sehen hinab in den Abgrund. Für einen Moment weiß ich nicht einmal mehr den Namen, der zu dem Körper auf dem Gehweg gehört. Es ist, als wollte mein Verstand alles wegwischen, was in den vergangenen Tagen geschehen ist. Alles ist vermengt. Ein Sack Zement, den du mit Blut und Glasscherben anrührst, der dir dein Hirn ausfüllt und hart wird wie Beton. Mein Kopf ist schwer und mir ist innerlich kalt, aber Marga ist warm und ihre Haut so weich. Meine Hände umfassen ihre Taille, meine Finger kommen an ihrem Bauchnabel zusammen. Ein goldener Talisman hängt als Piercing daran, ein Gelynchter am Galgen. Es ist ruhig. In der Stille hört man das Leben wachsen. Drüben an der Shell steht ein Tanker und befüllt die Tanke mit Hoffnung. Gleich werden sie kommen und sich ihren Teil für ihre Wagen abzapfen, als könnten sie von hier wegfahren, verschwinden aus M. Ich küsse Margas Nacken, meine Gedanken verflüchtigen sich wie Dämpfe. Der Tote auf dem Gehweg unter uns. Die gelbe Shell-Muschel mit der roten Fassung. Gelb steht für Neid und Gold für Ewigkeit. Diese flauschigen Härchen in Margas Nacken. Ihr schwarzes Haar. Ich rieche. Es ist schön. Der Geruch ihres Haars erinnert mich an meine Mutter.

Es knallt. Ich zucke zusammen. Die Wohnungstür ist zugefallen. Marga und ich sind allein.

»Wir müssen weg«, sagt Marga. »Du musst mich loslassen.«

Ich nicke.

Marga hat keine Tränen mehr in den Augen.

»Es war ein Unfall«, sag ich. Wir stehen hier oben und sind ein Liebespaar.

»Vieles ist ein Unfall«, sagt Marga. »Aber das hier war kein Unfall. Ich habe ihn umgebracht.«

Wir blicken in den Schlund zwischen den Plattenbauten. Polizei ist dort unten. Überall. Es ist schön, von oben auf die Dinge hinabschauen zu können. Wir hören den Krach hinter uns im Hausflur. Die Kameraden schreien sich gegenseitig an. »Haltet endlich die Fresse!«, brüllt Guido. Eine zweite Stimme ruft schallend mit einem Megafon, dass sie sich ergeben sollen.

Ein Schuss fällt. Guido wird die Nerven verloren haben. Er ist kein guter Anführer. Er hat nur eine Waffe. Das reicht nicht, um eine Gruppe zu leiten.

»Wir müssen weg!«, wiederholt Marga. Sie greift sich Saschas Handy. Es liegt im Sessel, muss ihm eben aus der Gesäßtasche gerutscht sein, als er sich aufstemmte.

»Nicht über den Flur«, sagt sie. »Besser wir steigen durchs Fenster.«

Sie hält mich an der Hand. Wir gehen in die Küche, steigen vorsichtig in die Nachbarwohnung. Das Geländer zittert unter unserem Gewicht wie ein alter Mann mit Parkinson. Von unten sieht uns hoffentlich niemand. Dann haben wir wieder festen Boden unter den Füßen. Geschafft.

Die Wohnung ist lichtdurchflutet. Wir setzen uns auf die Bettkante. Ich küsse Marga. Meine Zunge ist hölzern, ich kann meine Gedanken nicht abstellen. Sie sind wach. Wir hören, wie die Polizei nebenan das Quartier stürmt, und wir küssen uns.

»Du bist kein Fascho«, sagt sie. »Du kannst das gar nicht.«

»Ich habe jemanden umgebracht.«

»Wir können was Eigenes auf die Beine stellen«, sagt sie. »Eine Wohnung sollten wir mieten und später will ich Kinder. Ich mag den normalen Scheiß«, sagt sie. »Ich mag es normal« – Tränen laufen über ihre Wangen. Voller Blut, weiß und glitschig kommen weiße Kinder zur Welt. Sie weint. Ich küsse ihr die Tränen weg. Sie wird begreifen, dass der soziale Nationalismus die einzige Chance ist, die die Menschen haben. Das Hakenkreuz ist schwarz und eckig. Es schaufelt ein Grab in den Lüften, es schaufelt sich in die Erde, gräbt wieder und wieder alles um, bis neues Leben aus den Furchen wächst.

Die Polizisten reden im Hausflur.

»Ich möchte es normal, verstehst du das?«

Ich nicke. Sie muss sich nicht um Politik kümmern. Die Stimmen der Polizisten hallen durch die Flure. Hoffentlich kommen sie nicht zu uns rüber. Gott sei Dank sieht die Wohnungstür von außen nicht kaputt aus. Marga scheint das alles nicht zu interessieren, sie liebt mich.

»Du kommst aus einer Familie. Mutter, Vater, Kind. Das ist schön. Ich habe keinen mehr, der mir sagt, wo ich hinsoll.«

Ein Schuss hallt durch das Treppenhaus. Die Polizei stürmt wieder weg. Wo laufen die hin? Haben sie Guido noch gar nicht erwischt? Ballert der immer noch um sich?

»Lass uns was planen«, sagt Marga. Sie sieht mich mit großen Augen an, aber ich höre sie kaum, sondern denke an die Polizisten da draußen im Flur. Die Stimmen und Schritte werden leiser. Die Polizeiaktion verlagert sich anscheinend. Es wird still.

Marga steht auf und geht zum Balkon.

»Da können sie uns sehen«, sag ich. »Das ist zu gefährlich.«

»Jetzt komm endlich«, ruft sie und streckt mir die Arme entgegen. »Komm!« Sie ist schön, wie sie da in Bluse und Rock im Wind steht. Es ist alles so unwirklich. Ich glaube, sie liebt mich.

Ich laufe zu ihr, nehme ihre Hand und blicke hinunter. Von hier aus können wir Saschas Leiche auf dem Bürgersteig nicht sehen. Es wird ein schöner Tag werden. Die schönen Tage drängen sich zurzeit aneinander und ich bin sechzehn Jahre alt. Einige der Beamten stehen etwas abseits – direkt vor dem vernagelten Kiosk. Sie beratschlagen sich. Was mag unten vor dem Quartier los sein? Und haben sie Guido und die Kameraden gefasst? Ein paar Beamte tragen Zivil, einige sind in Uniform – schwer bewaffnet. Fünfzig Meter weiter stehen ein Streifen- und ein Truppenwagen und sperren die Straße ab. Es ist ein riesiges Aufgebot, das sie wegen uns zusammengezogen haben.

Woher wussten sie, dass wir hier sind? Hoffentlich beachten uns die Beamten da vorn nicht.

»Wo ist Norden?«, fragt Marga und lehnt sich in meinen Arm.

»Dort«, sag ich. »Da müsste Norden sein, da, wo die Shell-Tanke ist.«

Marga lächelt breiter. »Du kennst die Himmelsrichtungen«, sagt sie. »Du weißt, wo es langgeht.«

»Ich würde alles für dich tun«, sag ich. »Ich würde sogar die Himmelsrichtungen für dich verändern. Dann läge Amerika im Osten und China im Westen.«

Sie nickt und küsst mich zärtlich. »Ich fand es niedlich, dass es gestern bei dir nicht geklappt hat.« Sie zieht ihre Hand aus meiner Hosentasche und hält den Glücksbringer zwischen ihren Fingern an der Kette: »Was ist das?«

»Ein Würfel, mit dem du immer eine Sechs würfelst.«

Sie dreht ihn und lächelt. »Stimmt.« Sie drückt ihn mir wieder in die Hand.

»Du kannst ihn ruhig behalten«, sag ich.

»Ich habe schon meinen Piraten am Galgen. Er hat mir heute auch kein Glück gebracht, obwohl Sascha fest dran geglaubt hat.«

Ich nicke und nehme den Würfel wieder an mich.

»Du würdest alles für mich tun?«, fragt sie.

»Alles.«

»Dann flieg da runter«, sagt sie im Scherz.

»Ich tu's, wenn du es willst«, sag ich.

Sie drückt mich fester an sich. »Komm her. Lass uns einfach versuchen, hier rauszukommen. Vielleicht können wir zusammen die Arme ausstrecken und abhauen.«

»Weiß nicht.«

»Ich will einen Mann, der die Arme ausstreckt und fliegen kann«, sagt sie. »Wir werden ganz allein die Welt retten.«

Ich sehe das Gesicht des schwarzen Sängers vor mir. Das hier ist das falsche Land für ihn gewesen. Wir hätten es ihm nur anders klarmachen müssen. Das Shell-Schild leuchtet. Es wird Rohstoff gebraucht. Es muss weitergehen und wir machen Sprit aus Raps. Wir brauchen Milliarden von Litern Wasser, um aus Raps Sprit zu machen, und woanders trocknen die Leute aus. Wir sollten Wasseraktien kaufen, Raps macht Wasser knapp.

Marga nimmt mich mit in die Wohnung – Hand in Hand, als würden wir über eine Blumenwiese laufen. »Gleich wird die Polizei abmarschieren und dann ist es vorbei«, sagt sie.

»Meinst du?«

»Die haben nicht hier raufgesehen.«

»Woher willst du das wissen? Du hast doch gar nicht zu ihnen runtergeguckt.«

»Stimmt«, sagt sie und küsst mich. Ich weiß nicht, was sie denkt. Sie muss verrückt sein. Wir sitzen ruhig auf dem Lattenrost, wir tun nichts und im Treppenhaus schwillt der Lärm wieder an. Jetzt kommen sie und holen uns. Aber es ist mir egal.

»Das ist das Einzige, was mir von Sascha bleiben wird«, sagt Marga. Sie hält sein Handy und legt es in ihren Schoß, nimmt es wieder in die Hand und tippt drauf rum. »Die letzten SMS, die er gesendet hat. Eine davon ist an mich gewesen«, sagt sie.

»Du hast deinen Bruder geliebt.«

»Du kannst deinen Bruder nur lieben. Denkst du nicht noch manchmal an deine Schwester?«, fragt sie und sieht sich Saschas SMS an.

»Wenn ich an sie denke, seh ich sie, wie sie genüsslich ein Bonbon lutscht und mir dann die Zunge rausstreckt – und darauf die Sonne liegt. Das Bonbon ist in meiner Erinnerung eine Sonne, eine sprudelnde Sonne. Dabei war es ein Brausebonbon – Zitronengeschmack. Es gab die Dinger am Kiosk.«

»Vielleicht war es ja wirklich die Sonne?«

»So wie der Würfel sechs Seiten hat und der Pirat am Galgen Glück bringt?«

»Wann ist denn deine Schwester abgehauen?«

»Egal«, sag ich. »Ich habe sie immer nur als kleines Mädchen in meinem Kopf, obwohl sie schon fast eine Frau war, als sie gegangen ist. Ist das nicht bescheuert? Für mich ist sie meine kleine Schwester, dabei war sie drei Jahre älter als ich.«

»Sieh mal, an wen mein Bruder diese SMS geschickt hat.«

Ich sehe über Margas Schulter hinweg auf die SMS-Liste.

»Was ist das denn für eine Nummer?«, frag ich.

Sie klickt die SMS an.

»Er muss sie geschickt haben, als wir noch unten an der Elbe waren – kurz bevor er Guido und seine Kameraden angerufen hat«, sag ich.

In einer halben Stunde sind alle im Quartier. Zugriff muss dann erfolgen. Mit mir sind es 8 Personen.

Marga sieht mich entsetzt an. Es ist, als ob sie plötzlich aus dem Schlaf hochschreckt. »Was soll das heißen?«

Hat er uns verraten? War Sascha ein Spitzel? Ist das eine SMS an den Verfassungsschutz? Wollte er deshalb nicht, dass Marga ins Quartier kam? Hat er deshalb eben im Streit gesagt, dass sie selbst schuld sei, wenn sie verhaftet würde?

»Warum hat er das gemacht?«

»Geld«, sagt Marga und weint wieder. »Für ihn hat immer nur eins gezählt: dieses Scheißgeld!«

»Psst«, sag ich und küsse sie. »Die Polizei. Sie dürfen uns nicht hören.«

»Er hat nie wirklich an die Sache geglaubt«, meint Marga. »Er hat an überhaupt nichts geglaubt. Dafür war zu viel Scheiße in seinem Leben.«

»Glaub ich nicht«, sag ich. »Er hatte sicher einen Plan, den wir nicht kennen.«

»Das ist schön, dass du das so siehst. Aber hier ist eine SMS, die für sich spricht.«

»Gib mir das Handy«, sag ich.

»Warum?«

»Gib es mir, bitte.«

Mir ist übel. Ich nehme das Handy, geh zum Balkon und rufe die Nummer an. Ich muss wissen, wer sich da meldet. Es klingelt. Dann seh ich, dass einer der Beamten in Zivil unten auf der Straße sein Handy zückt. Es erinnert mich an gestern, als ich Marga an der Shell zu sehen geglaubt habe.

»Hallo?«, sagt der Mann. Er trägt einen graublauen Anzug, die Lieblingsfarbe meines Vaters. Der Vater von meinem Vater hat Tauben gezüchtet – graublau waren sie. Die Stimme des Beamten klingt überrascht. Er muss von seinem Punkt aus den toten Sascha auf der Erde liegen sehen. Er kann nicht verstehen, wer ihn jetzt vom Handy des Toten aus anruft. Er schaut sich um, sieht zu mir rauf. Ich ducke mich weg und schleiche in die Wohnung.

Marga sieht mich fragend an.

»Dein Bruder war ein V-Mann«, sag ich. »Er hat uns verraten. Du hattest recht.«

Sie gibt mir einen Kuss. Wir werden ein neues Leben anfangen. Nur eine Chance will ich.

»Meine Mutter hat früher gesagt, sie könne ihre Zukunft in meinen Augen sehen«, sagt Marga. »Und was siehst du in meinen Augen?«

Ich würde so gern etwas Zukunft darin erkennen, aber ihre Augen sind zu dunkel.

»Dass wir hier abhauen müssen«, sag ich.

»Vielleicht können wir über den Flur und dann über die Feuerleiter nach hinten rausklettern?«

22.

An der Wohnungstür hören wir die Beamten. Wir horchen – eine starke Männerstimme spricht: »Wir haben alle. Laut unserem Informanten müssen es acht Leute gewesen sein, und es sind acht Leute, die wir gefasst haben – ohne den Informanten Sascha Halken.«

»Wieso haben sie alle?«, flüstert mir Marga zu. »Du bist doch hier bei mir.«

»Weil Guido noch einen Kameraden mitgebracht hat, der nicht beim Überfall auf den Schwarzen dabei war«, sag ich. »Die suchen also gar nicht mehr nach uns. Wir müssen nur abwarten, bis sie weg sind.«

Ich sehe durch den Spion. »Die ziehen ab.«

Da erscheint der Beamte auf dem Flur, den ich eben von Saschas Handy aus angerufen habe. Er spricht mit dem Kommandanten. Was die wohl zu bereden haben? Der Beamte zückt sein Handy und tippt auf eine Taste.

»Mach das Handy aus«, sag ich zu Marga. »Mach es aus!«

Sie sieht mich erstaunt an.

»Los!«, sag ich.

Zu spät. Das Handy in ihrer Hand klingelt.

Ich haste wieder zum Spion. Die Polizisten hören das Klingeln, der Beamte zeigt auf unsere Tür.

»Leg das Handy hin«, sag ich zu Marga. Sie hat immer

noch nicht verstanden, was passiert ist. »Leg es hin!« Ich will heulen, aber es geht nicht. »So eine Scheiße!«, schrei ich.

Wir rennen ins andere Zimmer, dann fliegt die Wohnungstür auf. Der erste Beamte fällt. Er konnte nicht damit rechnen, dass die Tür bereits offen war. Die andern stürmen mit Maschinenpistolen herein.

Marga und ich haben uns auf den Balkon zurückgezogen.

Ich halte sie im Arm und spür das Geländer an meinem Rücken.

»Macht keinen Mist«, sagt der Beamte in Zivil. Und zu Marga meint er ruhig. »Du bist doch Saschas Schwester.« Sicher haben sie Marga schon observiert und wissen daher, wer sie ist. »Das mit deinem Bruder tut mir leid. Er war kein schlechter Kerl.«

»Ein Verräter war er«, sag ich. »Eine Drecksau.«

»Und wer bist du?«, fragt er mich.

Ich muss an Sascha denken. Das Blut floss unter seinem Kopf hervor. Rot. Messer rein, Messer raus, Messer rot. Nazis tot! Neunundneunzig Ziegelsteine fliegen auf die Nazischweine. Hitler hab ich nicht getroffen, den habe ich im Klo ersoffen! Zeckensprüche. Der Spruch steht unten im Hausflur an der Wand. Aber die Zecken werden nicht siegen, diese Beamten werden nicht siegen, niemand wird siegen, nur weil Sascha Scheiße gebaut hat.

Ich dreh mich um, beuge meinen Oberkörper weit nach hinten über das Geländer und kann Saschas Leichnam auf dem Gehsteig zwischen den Glasscherben liegen sehen. Sie haben ihn noch nicht abtransportiert.

»Ich will nur mit dir reden«, sagt der Beamte. »Keine Panik. Wir können alles in Ruhe klären.« Die Worte kommen aus seinem Mund, als ginge es um einen Kuhhandel. Für ihn ist das Job, für mich ist das mein Leben.

»Ein Baum, ein Strick, ein Bullengenick«, sag ich zu ihm und sehe Marga an: »Es ist zu spät. Sie werden mich einsperren, egal was der Wichser da erzählt. Der will uns nur einlullen, damit wir aufgeben.«

Marga schüttelt den Kopf. Sie will mich küssen. »Ich liebe dich«, sagt sie.

Aber ich will das nicht. Ich habe den Würfel wieder in der Hand. Hatte ich ihn eben in der Hosentasche? Ich weiß es nicht mehr und gebe ihn ihr.

»Was soll ich damit?«

»Damit kannst du fliegen«, sag ich.

Der Beamte sagt: »Komm jetzt einfach zu uns. Du bist jung, es findet sich eine Lösung.«

Sie werden mich ins Gefängnis sperren. Denn ich bin einer von jenen, vor denen sie uns immer gewarnt haben. Ich bin gefährlich. Sie begreifen, dass endlich Wut wird, was lange gegärt hat.

Ich nehm keinen Pinsel in die Hand und mach das alles mit, nur um einen Baum zu pflanzen und ein Kind zu zeugen. Das ist die Liebe nicht wert. Sie werden mich nicht einsperren.

Marga sieht mich aus verweinten Augen an. Sie will ein normales Leben. Sie wird nicht mehr da sein, wenn ich aus dem Knast rauskomme. Ganz sicher nicht. Denn das ist kein normales Leben. Sie will einen andern Menschen. Nicht mich und meine Geschichte.

Der Beamte macht einen Schritt auf uns zu. Er steht an der Balkontür.

»Bleiben Sie, wo Sie sind«, sag ich. »Sonst spring ich.«

»Tu's nicht«, sagt Marga. Sie klammert sich an mich. »Wir können noch mal von vorn anfangen. Ich liebe dich, Marvin.«

Das Geländer des Balkons gibt langsam nach. Die Kletterei von Wohnung zu Wohnung hat dem rostigen Eisen wohl den Rest gegeben.

»Bitte spring nicht. Du hörst doch, was der Beamte sagt. Ich …«

Ich glaube ihr nicht. Denn sie glaubt diesem Kerl, der einen Anzug trägt. Graublau wie die Tauben von Opa. Ich glaub ihm kein Wort. Er muss nur reden, um uns mit seinen Worten einzuspinnen. Ein Kokon, auf den du einschlagen kannst. Der Schwengel in einer Glocke, in dem du hin und her pendelst. Marga wird nicht gegen den Strom schwimmen – niemals. Sie wird am Ende alles mitmachen, um ihre Ruhe zu haben. Ich liebe sie, aber ich will keine Ruhe. Ich lehne mich noch weiter nach hinten, seh in den Himmel und träume mir Sternbilder ins Blau. Farbe der Ferne und der Tiefe, Grundfarbe des Himmels und des Wassers. Azurblau. Blues. Wenn du fallen willst wie ein Stein, dann darfst du nicht so schwach sein wie ein Mensch. Es ist alles Lüge, und ich weiß nicht, was ich hier noch zu suchen habe. Ich lehne mich mit aller Kraft und allem Gewicht gegen das Geländer. Es knackt.

Marga lässt mich los.

Sie glaubt nicht, dass wir fliegen können. Niemand glaubt es, deshalb wird sich nichts ändern. Wenn du Asche bist, dann steigt dein Rauch in die Luft. Mit einem Ruck gibt das Geländer auf.

Der Beamte stürmt auf mich zu.

Ich kippe nach hinten mit offenen Augen und schenk mir mein Grab in der Luft …

Manfred Theisen
Checkpoint Jerusalem

224 Seiten cbt 30249

Die Fahrt von Bethanien nach Jerusalem ist beschwerlich. Panzer säumen die Straße, der Weg ist fast nicht passierbar. Hier, am Checkpoint, sehen sich die Jüdin Maya und Amer, der Palästinenser, zum ersten Mal in die Augen – und der Krieg scheint auszusetzen. Die beiden treffen sich von nun an heimlich, doch welche Chance hat ihre Liebe inmitten von Djihad, militärischen Gegenschlägen, Hass und Angst?

6096

cbt

www.bertelsmann-jugendbuch.de

Manfred Theisen
Täglich die Angst

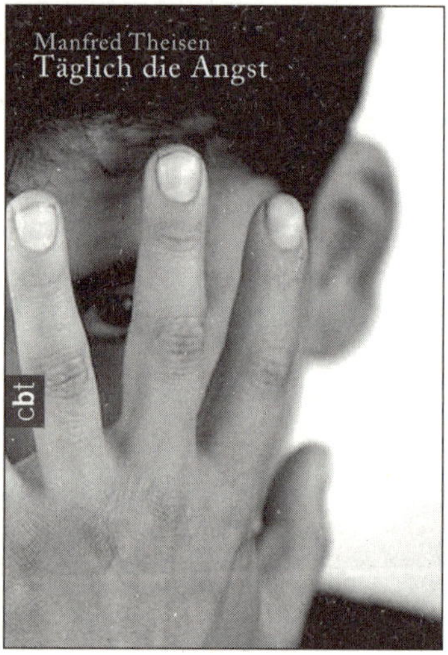

160 Seiten ISBN 978-3-570-30363-4

Katinka, Annika und Lisa haben die Klasse fest im Griff und Thorsten in der Zange. Er ist ihr neuestes Opfer und die Lehrer reden gegen Wände, denn keiner macht den Mund gegen die Gang auf. Wer ist schon so verrückt, sich als nächstes Mobbing-Opfer anzubieten? Doch irgendjemand hat den Terror satt – und mobbt zurück, eiskalt und richtig gefährlich.